白いドレスと紅い月がとけあう夜に

水鏡月聖

角川スニーカー文庫

24438

Contents

the Red Moon

On The Night
When The White Dress
And The Red Moon
Melt Together

illustration: 古弥月
design work: 杉山 絵

the White Dress

白銀のように輝く髪を赤黒い返り血が穢していた。
真紅のドレスから伸びた四肢は白磁のように透明で、
蒼白で無垢な表情に焰の如く破壊的な眼光が光る。

とがった耳を持ち、薄紅色(うすべにいろ)の唇(くちびる)から鋭利(えいり)な白い犬歯が覗(のぞ)く。

対峙(たいじ)する相手はまぎれもなく吸血鬼(きゅうけつき)の少女だ。

その姿を見るなり、瞬間(しゅんかん)的に美しいと感じた。

背筋を這(は)うような寒気が走り、胸の奥が熱くなった。

それを、自分は吸血鬼の魅了(チャーム)の魔術(まじゅつ)だと思っていた。

そう考えるほうが自然だった。


凄惨(せいさん)な光景を目の前に、わたしの心は高ぶっていた。

世界は一面白い雪景色で、そこに広がる真っ赤な光景。

赤と白とが交互(こうご)に重なり、混じりあう景色は耽美(たんび)であり妖艶(ようえん)でさえある。

どこかしらそれが自分の追い求めていた美の世界なのではないかと錯覚(さっかく)してしまいそうだった。

ただ一点。そこが、凄惨な殺害現場であることを除いて……

床一面は赤黒い流血で埋め尽くされている。窓から差し込む月明かりが窓辺に降り積もった雪に反射して、薄暗い部屋を白く照らす。

床には白地のロングコートを羽織ったあおむけの首なしの死体。

その後ろに立っているのはやせ型の少女だ。雪のように輝く銀髪。真っ赤で上品なドレスに身を包み、まっすぐにこちらをにらんでいる。その目は鋭く紅く輝き、その眼光だけで背筋が凍るように冷たくなる。少しとがった耳とむき出しの犬歯。この少女は、吸血鬼だ。

そしてその手に、その小柄な体躯にはおよそ似つかわしくない大剣が握られており、刃先から鮮血が滴り落ちている。

少女の白磁のような白い肌にこびりつく鮮血。

この部屋は我々の仲間であるローズとレイチェルの使っていた部屋だ。レイチェルは現場から逃げ出すところを目撃していることを考慮すればその首なし死体はローズのものだと考えるのが普通だろう。

ローズは高名な戦士だ。その首を一太刀のもとに切り落としたというのならばよほどの実力と考えるべき。

姿勢を落とし、刀を握る。抜刀術はその一瞬で勝負を決める。

吸血鬼の少女はその大剣を一度振り上げようとするが、思い直したように床に投げ捨てた。

賢明な判断だ。それほど広いとは言えないこの部屋で振り回すにはあまりにも大きな剣は、場合によって戦局を不利なものへと足を引っ張りかねない。

両の手を前に伸ばし爪を立てる。うなりをあげて牙を剝く。

勝負は怯んだほうが命を落とす。深く息を吸い、いつでも対応できるようにゆっくりと吐き出す。

鋭く輝くその眼光から視線を逸らす。魅了魔術にとらわれてはならない。

紅いドレスのスリットから細くしなやかな脚が伸びる。吸血鬼の吐く湿った息が冷え切った部屋に白い霧を生むと同時に差し出した脚が動いた。

勢いよく踏み出された脚に、こちらも呼吸を合わせ、一歩を踏み出す。

吸血姫が一歩踏み出した足先は床に広がる流血を踏みしめる。次の瞬間。ぬるりと滑らせたその脚が宙を舞う。バランスを崩して背中から倒れる吸血姫は無様に尻もちをつく。

一瞬目をつむり、再びその朱い瞳をこちらに向けた時にはすでに遅い。抜刀したミスリルブレイドがその首筋にあてがわれる。かすかに触れた切っ先からジュウという音とどもに煙が立ち上る。

白い首筋からは鮮血が滴る。

「動くな。少しでも動けばこのミスリルの切っ先がその首を落とす。たとえ吸血鬼であろうとも復活することはできぬぞ」

吸血鬼の少女のその表情は、怯えているというよりはむしろあきらめているに近い。その眼光には不死の王と呼ばれるような威厳はなく、ただ虚ろに天井を見上げていた。

わたしはその目に罪悪感さえ覚える。その美しすぎる肌を、自らが穢してしまったという罪悪感。

——その時はその心の動悸が、魅了の魔術よりも不確実で、不可解で、非効率的な感情の始まりなのだとは気づきもしなかった。

「ルゥ。その少女を椅子に座らせて縛り上げてくれないか？」

少女の喉元に精銀刀を突きつけたまま、相棒のルゥに指示を出す。

ルゥと呼ばれた金髪の凛々しい若者は一度ダイニングに向かい、丈夫なロープを用意した。少女をダイニングの椅子に座らせ、両手を椅子の背の後ろでしっかりと括る。念のために、更にロープで椅子と少女の体を巻いていく。

「ルゥ、気をつけるんだぞ。相手は魔族だ。どんな魔術を使うかもわからない」

「まったくです。魔術というやつはホント、人間の俺達には理解できないものが多いっすからね」


――魔族の中には、魔術を使うものも少なくはない。特に、吸血鬼のような上位の魔族に至っては高度な魔術を使いこなすことも多い。

対して、人間で魔術を使いこなせるものはほとんどいない。魔族が使う魔術というものは先天的な要因に帰するものがほとんどで、その研究をしているごく一部の人間には魔術をいくつか使いこなせるものもあるようだが、基本人間には備わっていない能力だ。

聖職者の一部に神聖魔法と呼ばれる治癒の力を使いこなせるものがあるが、これは魔術とは根本的に違う能力だと言われている。

精銀刀の切っ先を突きつけたまま、強く警戒して縄で縛るルゥたちを見かねるように吸血姫はつぶやく。

「そんな警戒しなくてもさ、アタシは魔術とか使わないし」

「どうしてそんな言葉を信じられるかよ。お前、上級魔族なんだろ」

「ははーん、上級ね。まあ、確かに種族的にはそうなんだけどね……」

退廃的な表情の吸血姫に臆することなく、ルゥはロープを縛る手に力を入れる。

「ああっ、いたい。痛いってば。なんでもうちょっと優しくできないかなあ」

「なんで俺が殺人鬼にやさしくしてやらないといけないんだよ」

「なんで殺人鬼だって決めつけてんのよ。べつにアタシがやったとこ見てたわけじゃないでしょ！」

「どう考えてもお前が犯人だとしか思えないだろ！」

ルゥも少し喧嘩腰の口調となり、ロープで縛る手に力が入る。

「いたたた！　だからさあ！」

「なんだよ！」

「あっ！　今アタシのおっぱい触ったでしょ！　いい加減にしてよね。このスケベニンゲン！」

「なにがおっぱいだよ。貧乳のくせに」

「ああ！　言った！　言ったなあ！　人が気にしていることを無神経に傷つけるような発言！　訴えてやる！　訴えてやるから！」

「何言ってるんだよ。どう考えても訴えられるのはお前だろ！　この殺人犯！」

「だからそれはちがっ――」

ルゥは吸血姫に猿轡をかませ、言葉を封じた。

「ルゥ。それは少しやりすぎなんじゃないのか？」

「リンさん。このくらいは問題ないと思いますよ。何しろ相手は吸血姫なんです。口をふさぐというのは凶器を取り上げるというのと同義です。さあ、とっとと警備本部へ連行しましょう」

「ふむ……しかしな……もう少し現場を確認しておこうか」

あたりを見回してみる。状況を見て、まず何が起こったのかを想像し、検証していく必要がある。

部屋は一辺約5メートル程の正方形。入り口から入って正面の奥にベッドがふたつ、左右にあるだけのシンプルな寝室だ。実際それだけで部屋のほとんどの場所が埋まっている。出入口は入り口のドア以外にはない。奥の壁面の上部には小さな窓がひとつあり、これは約30センチ四方の換気用の窓だ。現在開いてはいるものの、ここから出入りすることは不可能だろう。せいぜい頭がひとつ通るかどうかだ。しかし、考えてみれば、なぜこんな寒い夜にわざわざこの窓が開いているのかは気になるところだ。

部屋にはベッド以外、棚やクローゼットさえない。まだ我々特務隊は招集され、赴任したばかりなので必要なものはこれから買いそろえなければならないとは思っていたぐらいだ。レイチェルとローズの私物は部屋の隅のバッグに押し込んであるものくらいだ。

そして、残るは問題となるベッドの間の床に横たわる首なしの死体。胴体は女性の体で、頭部はどこにも見当たらない。白い特務隊の隊服を着ていることから、ほぼ間違いなくローズのものと考えるのが妥当だ。首の切断面は一太刀のもとに切り落とされている。ローズが屈強な戦士だと考えるなら、その首を一太刀で落としたというならばそれは見事な腕前だと言わざるを得ない。おそらく凶器は床に転がっている大剣だろう。その刃先にはいまだしっかりと、血液がこびりついている。

先ほど吸血鬼の少女が手に握っていたものではあるが、これはおそらくもともとローズのものではないだろうか。

そして、自分たちがここを訪れた際、この部屋の入り口には鍵(かぎ)がかかっていた。

以上のことから考えられる状況を、妥当に考えるとすればこうだ。

——レイチェルとローズがこの部屋にいる時、玄関(げんかん)から吸血鬼の少女が侵入(しんにゅう)。不意を突いてローズの大剣(たいけん)を奪(うば)い、一太刀(ひとたち)のもとに切り落とす。驚(おどろ)いたレイチェルはその場から逃(に)げ出し表通りへ。

この時に、レイチェルは少しばかり手負いの状態だったのかもしれない。レイチェルの走り去った後には血が滲(にじ)んでいた。

自分たちが帰ってきたことに気づいた吸血鬼の少女はこの部屋に立て籠(こ)もり、内側から鍵をかけていた。

そのドアを自分が蹴破(けやぶ)って……という状態が普通(ふつう)だろうか……

しかしそれには、少し違和感(いわかん)を覚えるところもある。

横たわる首なし死体を眺(なが)める。その首、ローズの首はどこに行ったのか？

吸血鬼が食べた？　そういうことがないとは言えない。

それと、ローズの首の切断面。一太刀のもとに切り落とされてはいるが、果たして吸血鬼の少女にそれができたのだろうか？

　倒れている首なし死体を眺める。それにしてもなかなか大きな胸をしているのではないだろうか。

「ルゥ。お前、おおきいおっぱいが好きだとか言っていたな」

「な、何を言い出すんですか」

「ちょっとその死体の胸を揉んでみろ」

「え？　あ……は？　な、なにを……」

「こんなチャンス、めったにないぞ」

「い、いや、お、俺は……さすがにそういう趣味はないっすよ」

「そうか、ならば仕方ないな」

　わたしは首なし死体の隊服を脱がせ、その乳房に触れてみる。下から掬うようにわしづかみにして、全体を揉みしだきながら感触を確かめる。まだ温かくて死後硬直は始まっていない。思っていたよりも随分と柔らかい。

「あの……リンさん？」

「なんだ？　今、大事なところなんだが？」

「いえ、なんでもないです」

我々はダイニングに移動して、椅子に縛り上げた吸血鬼の少女と対面する。単刀直入に質問する。

「我々の仲間をやったのはお前か？」

「ふぁふ、ふゃふほはひゃははほふわ」

「ルゥ、すまないがその猿轡をはずしてやってくれ」

吸血鬼に噛まれることを警戒して猿轡をしていたのだが、そもそもそれではしゃべれない。

「違う。アタシが来た時にはもう、あの状態だったの！」

「しかしな、この状況でその言い分は苦しいぞ」

「そんなこと言ってもしょうがないじゃん！　アタシじゃないんだから！」

「まあ、話だけは聞こうか。まず、名前を言ってもらおう」

「……」

「どうした？　名前だ。名前くらいあるだろう」

「……ら、らびあ……」

「聞こえんな。自分の名前くらいはっきり言え」

「ラヴィア・フォン・ルベルストーカー。これでいい？」

「ルベルストーカー？　どこかで聞いた名だな」

「ルベルストーカーっていうのは、もしかしてブラム伯爵の身内なのか？」ルゥが尋ねる。

「娘よ。一応ね」

「これはまた……吸血鬼伯爵のお姫様じゃないか。それで、そんなたいそうな身分の姫様がこんなところを襲撃とは。全面戦争でも起こしたいのか？」

「パパのことはカンケーないの！　ここにはアタシが勝手に来ただけなんだからね！　ってか、犯人はアタシじゃないって言ってるでしょ！」

「じゃあ、ここで何をしていたんだ？」

「そ、それは……あ、あの変態男から友達を護るために！」

「変態男？」

後ろを振り返り、ルゥのほうを見つめる。ばつが悪そうに顔をしかめる。

「まあ、確かに変態だな」

「そ、そんなあ」

「で、その変態男に何の用事が？」

「それは、友達のロゼッタちゃんが……ううん、なんでもない」

「なんでもない、というのは困るな。そのロゼッタちゃんという友達がこの宿舎を襲撃してルゥを殺せと言ったのか？　それで、手始めにここにいたふたりを襲った（おそ）と？」

「ちがうちがう。そうじゃないんだって！　アタシはやってない！」

「まあいいさ。それじゃあ聞こう。ラヴィア」

「君はどうやってここに入ってきたんだ？」

「どうやってって、普通に玄関から入ってきたんだけど？　鍵、開いていたし」

「そもそも、それがおかしいんだよ。ここはこの町の警備隊の宿舎だ。それも新たに結成されたばかりの特務隊の宿舎だ。自分たちが留守の間、レイチェルとローズが鍵もかけずにいたというのは考えにくいな」

「だって、開いていたんだからしょうがないでしょ！」

「まあいい。それで、ラヴィアはこの部屋に入ったというわけだな？　どこから？」

「そりゃあ、そこのドアに決まってるじゃない」

「鍵が開いていた？」

「開いていたわよ！」

「それで、中にふたりがいた」

「いなかったわよ！　アタシがこの部屋に入った時は誰（だれ）もいなかったの！　そこに、首なし死体が転がっていただけ！」

「じゃあなぜ、ラヴィアは部屋に入ったんだ？　誰もいない、死体だけの部屋だったなら、普通中に入ったりはしない。大声を出して叫(さけ)ぶか、驚いて立ち去るかそれが普通だろう。だけど君はそうはせずに部屋の中に入ったんだ。いったいなぜ？　それにね、この部屋からずっと血の滴(したた)った痕があるんだ。おそらくこの部屋で君に襲われたレイチェルというもう一人の女性が逃げ出した際についたものじゃないのか？」

「知らないわよそんなの！　その血ならアタシが来た時にはもうついていたの！　アタシじゃないんだって！」

「さて、どうだろうな」

「あっ！　わかったわ！　きっと犯人はそのレイチェルっていう人よ！　その人がきっとこの死体の首を切って殺したのよ！　それでそこから逃げているところをアンタ達が見かけたってわけ！　首はその時レイチェルって女が持ち去ったのよ。そして何も知らないアタシが居合わせちゃって、犯人にされそうになったってだけよ！　きっとそうだわ！　早くそのレイチェルって子を捕(つか)まえないと！」

「レイチェルがここから逃げ出すところはわたし達も見た。だが、残念ながら生首を持ってはいなかった」

「そんなの、どこかに捨てたに決まってるでしょ！」

「それもあり得ないな。レイチェルを見かけた場所はこの詰所のすぐ目の前だ。捨てていれば目につかないはずがない。それにな、レイチェルは腕利きとはいえ聖職者に過ぎない。その彼女がこんなに大きな太刀を振り回して戦士であるローズの首を落としたとは考えにくいな」

「そんなの、アタシにしたっておんなじじゃない！　アタシにだってそんなことできるわけないでしょ！」

「不死の王と呼ばれる吸血鬼であってもか？」

「アタシは落ちこぼれの吸血鬼なの！　そんなのできっこないんだから！」

「落ちこぼれか……確かに先ほどの動き、吸血鬼とひとくくりに言うにはあまりにもふがいない身のこなしではあったが……」

「でしょ！　でしょ！」

「だからと言ってすべてを信じるというわけにもいかないな」

「なんで信じてくれないのよ！　縄ほどいてよ！　アタシ無実なんだから！」

「その件について無実かどうかはまだ定かではないかもしれない。しかしそれは法廷での裁きにゆだねる。しかしな、ラヴィアは住居不法侵入と、自分に襲い掛かった傷害未遂の実行犯であることには違いない。よって縄をほどくことはできないな」

「なによ法廷って！　そんなのアンタ達人間が勝手に開く一方的で自分勝手な裁判に決まってるじゃない！　そんなのにかけられたらその時点で無実だろうが何だろうが、有罪にして処刑されるのはわかってるんだから！　これだから人間なんて嫌いなんだよ！」

「まったく。随分と好き勝手言ってくれる」

「現にそうじゃない！　魔王様が殺されてから、アタシ達魔族の生活は苦しむばかりよ。元々生活環境が違うにもかかわらず、お構いなしに人間たちのルールを無理やり押し付けるものだから、アタシ達魔族は普通に生きていくことだってできないのよ！

　アタシだってそうよ。吸血鬼なのにこんなに弱いのはあなたたち人間が血を吸うことを禁止したからよ！　さっきあなたは銀の武器がどうのこうの言っていたけれどね、アタシは血を吸わずに生きてきたから、銀どころかなまくらの鉄でも簡単に死ぬのよ。不死なんかじゃないし、魔術だって使えない。嘘だと思うならそこいらにある果物ナイフでアタシのことを刺してみなさいよ！　思っていたよりも簡単に死ぬわ。人間なんかよりもずっと簡単にね。別にいいわ。こんな世界、生きている価値なんてないから、さっさと死んだほうがマシよ。さあ、殺しなさいよ！」

　半ばヒステリックになる彼女に、同情してしまったと言えば嘘ではないだろう。自分は別に、人間優位で魔族を迫害する世界を望んでいるわけではない。

「……すまない」

今の自分には、これくらいの謝罪しかできない。

「リンさんがなんで謝るんですか」

「自分でも、今の社会が正しいとは言えないと感じている。自分は人間であり、先の戦争でも人間側として魔王軍とは戦った。しかし、それはなにも魔族が憎くて戦ったわけではない。

争いが起きてしまった以上、もっとも犠牲者を出さない方法を考えたゆえの行為だ。先の戦争で魔族を統括し、紛争を開始したのは魔王ゾルタクスだ。故に魔王討伐こそが戦争を終わらせる最短ルートだと考え、勇者カインにも助力した」

「でも、その結果戦争は終わったかもしれないけれど、人間による魔族の支配がはじまったじゃない！　平和になったわけじゃないわ！」

ラヴィアは激昂している。

「そのために我々のような警察組織があるんだ。ラヴィア、信じてほしい。我々は魔族を支配するために存在しているんじゃない。魔族と人間とが平和的に共存できるように、真実を見極めなければいけない。だから、なるべく本当のことを話してほしい」

「そんなこと言って、もし犯人がアタシじゃなくて人間だった場合、アンタはちゃんと人間を罰するの？」

「あたり前だ。だがそれを見極めるためには一つでも多くの情報が必要だ」

「アンタ、もしかして……」

「リンさん、そんな話しても無駄ですよ。この状況、どう考えたって犯人はこいつなんですから」

「いいかいルゥ。この状況というが、今わかっているのは首なし死体とラヴィアがひとつの場所にいたという事実だけで、ラヴィアが殺したという証拠はまだ何もないんだ。よって、ラヴィアは被疑者の一人でしかないという状況に過ぎない」

「いや、でもそれって——」

　わたしはふと、開けっ放しの窓を見た。ここから人が出入りするのは確かに無理だが、人間の頭一つくらいなら十分に通り抜けることができるサイズだ。

「ルゥ、少しの間ここでラヴィアを見張っていてくれないか。わたしは、少し外の様子を見てくる」

「はい、大丈夫です。何ならその間に吸血鬼から言質とっておきますよ」

　キッチン脇の勝手口から外に出ようとする。が、ドアの反対側に何か重いものが置かれているようでうまく開かない。

「誰だ、こんなところにものを置いているやつは」

「え、なんでそんなところに？　俺じゃないっすよ」

「そりゃあ、そうだろうな。夜警に出る前まではこんなもの置かれていなかったし、ルゥはわたしとずっと一緒にいたのだからね」

　力を入れて肩で押してみるものの、やはり動かせそうにない。

「仕方ないか」

　あきらめて、玄関を出てから裏手に回ることにした。それだとかなり遠回りになってしまう。

　勝手口のドアの裏側には暖炉にくべる薪を入れておく木製のケージが移動させられ、ドアをぴったりと塞いでいた。

　冬場と言うこともあり、薪はしっかりと蓄えられているため非常に重い。動かそうと思ってそう簡単に動かせるものではない。薪を全部取り出して動かすにしてもかなりの時間が必要になってしまうだろう。おそらく誰かが、意図的に勝手口から人が出られないように塞いだと考えるべきだろう。

　詰所の裏手に回り込む。ちょうど、犯行現場の開け放たれた窓の裏側だ。

深々と降り積もる雪はさらに勢いを増しており、あたりは一面白い雪景色。空に浮かぶ紅い月だけが雪原を紅く照らしている。

詰所をぐるりと取り囲む生け垣にも降り積もった雪に異常はない。誰かがよじ登って越えたような痕跡はない。

これとなる手がかりは何も見つからない。もし、あの窓からローズの切り落とした首を投げ捨てたとして、そこに生首があるわけでもない。誰かが回収に来たとして、足跡が残っているかもと考えたが、降り積もる雪のせいで痕跡はすでに消えてしまっている。

いや、むしろその可能性自体ないと判断するほうが賢明だろう。

誰かが生首を回収したとして、あたりの雪から一切血の痕跡が見つからないというのは不自然だ。室内の流血から考えてみても、その頭部の切断面から出血していないとは考えにくいし、かといって一面の雪の中で、そこに落ちたであろう血痕をすべて拭い去るというのは不可能に近い。

「きゃあああああ！」

窓の中から叫び声が聞こえる。ラヴィアの悲鳴だ。

急いで部屋に戻ると、椅子に縛り付けられたままのラヴィアがダイニングの床に倒れている。縛られ、倒れたままで衣服は乱れている。その傍らでは一度脱いだ服を着なおそうとしているルゥの姿。

「おい、いったい何があったんだ」

「こ、この男がアタシに無理やり！」

「リ、リンさん。違うんですよ！　これは！」

「もういい。そんなことよりもさっさと服を着ろ！」

椅子ごと倒れたラヴィアを起こす。

その正面では脱ぎかけた衣服を再び着なおそうと両手のふさがったルゥ。起こした反動を利用してラヴィアはそのまま前のめりに倒れ込む。その口は大きく開き、吸血姫たる鋭利な牙を剝いていた。

「あぶない！」

両手がふさがり思うように身動きの取れないルゥをかばうように手を伸ばす。

伸ばした手に、ラヴィアが嚙みついた。手に食い込む二本の牙。その牙の先から、まるでストローで吸い上げるように血液が吸い込まれていくのがわかる。瞬間、意識が朦朧となる。

「な、なにこれ――」ラヴィアの目が、うっとりととろけるように惚ける。「――お、

美味しい……」

ラヴィアの輝く銀色の髪が、自分の血で染まっていくかのようにほんのりとピンク色に染まる。まるで、火照った少女の柔肌が血潮に染まるがごとくに……

次の瞬間、ラヴィアの体が小さな蝙蝠の姿に変身した。椅子に縛り付けている様を嘲笑うかのように小さく化身したその体は縛っていた縄をすり抜けて勢いよく羽ばたき、壁面上部の小さな窓から逃げていってしまった。

「まいったな、これは、明らかに自分の失態だ」

そうつぶやくわたしのところに、「すいません。俺のせいで」とルゥが駆け寄る。窓から吹き込む雪風が冷たく、自分の不備を叱責した。

「リンさん。やっぱりあの吸血姫が犯人ですよ。まさか蝙蝠に変身できるなんて……あの開いた窓からあいつは出入りしたんです。それでローズさんは不意を突かれて……」

「いや、まだそうとも言えないな」

「まだそんなことを？」

「ああ、まだはっきりとしたことは言えない。ひとまず、今日ここまでに起きたことを整理してみようか」

白雪を照らす紅い月

On
The Night
When
The White Dress
And
The Red Moon
Melt
Together

　闇夜(やみよ)を煌々(こうこう)と照らす紅い月が、雪に覆(おお)われた白い町を自分の色に染め上げている。

あたりをうろついている人影(ひとかげ)も少なく、いたって平和に見える町並みだ。つまらない夜警なんてものはさっさと終わりにして宿舎に帰りたいとは思うが、やはりそういうわけにもいかないだろう。

　自分はまだ、魔族の生活というものがどのような習慣に根差しているのかもよくわかってはいない。この静かな現状が、果たして災いを秘めた前兆なのかどうかという判断すらままならないのだ。

「あの……リンさん。とお呼びしてもかまわないですか？」

　隣(となり)を歩く鳥打帽(とりうちぼう)を被(かぶ)った金髪(きんぱつ)の若者がそう問いかけてくる。今日付けで自分の配属された特務隊には数日前に赴任(ふにん)したらしい。白いロングコートは特務隊の隊服で、長身の体型によく似合っている。特別な銀の糸が織り込まれているらしく、重量もあるらしいが自分のものはまだ届いていない。

「そんなに堅い言い方でなくても構わない。自分と貴公では年もそう変わらないだろうし、上官でも何でもないのだ。もっと気軽に『リン』とでも呼んでくれたらいい」

夜のシンとした町並みにふたりの声が静かに響く。

「ああ、いや……でも、リンさんは高名な剣士です。先の戦乱の時代にも、『不死殺し』の名を知らない者はいませんでした。確か、勇者一行のパーティにも誘われていたそうで……」

「誘われただけだ。別にともに旅をして魔王を打倒したわけでもない」

「いや、それでも……俺なんかが気軽に話しかけられるような方じゃないですよ。その……憧れだったんです。その活躍の噂を聞くたびに、一度お会いしたいとずっと思っていました。それが、まさか同じ隊に配属されるなんて」

「いくらなんでも買いかぶりすぎだ。貴公とてそれなりの名うてだろう。『金狼のルゥ』の噂は自分も聞いたことがあった。その鋭い眼光が捕らえた獲物は確実に仕留めるともっぱらの評判だった」

ルゥが肩から提げているライフル銃を見る。一メートルを超える黒鉄の銃身に美しい銀の装飾が施されている。噂によれば専用の銀の弾丸を射出できるように改造されており、先の戦乱でも多くの戦果を挙げてきたという。言ってみれば、ルゥが自分と同じ隊に配属されたのは必然と言えるだろう。

「俺のこと、知っていてくれたんですね。光栄です」

ルゥはそう言いながら頰を少し赤らめ、帽子のつばで目深に覆う。単に寒いからというわけではないだろう。自分がこの若者からそれなりに好意的に見られていることくらいはわかる。しかし、あいにくだけれど自分はあまりそのような、愛だの恋だのと言う感情においては無関心だ。つまらぬ私情は戦地において足枷になる場合もある。

「ところでリンさん。その恰好、寒くないですか。よかったら俺の隊服着ますか？」

「いや、気にしなくて構わない。慣れてさえいればこの着流しもそれほど寒くはないよ」

「そ、そうなんですか」

「ああ」

などと言ってはみたものの、それは少しばかり強がりだった。まさか赴任の地がこれほどに寒い場所とは聞いていなかった。

とはいえ、隊服の着用には少し抵抗もある。剣士にとって身のこなしは重要だ。ましてや金属を織り込んだ重い衣装ともなると考え物。魔王が滅び、世界は平和になったとはいえ、いつどこで何が起こるかわからないからこそ自分たちの仕事もある。常に万一に備えておく必要がある。

「――とはいえ、今日はさすがに冷えるな。ちょうどそこに酒場があることだし、少し立ち寄っていこうか」

通りに並ぶ、少し寂れた雰囲気を持った場末の酒場を指さす。

「え、い、いいんすか？」

「なにが？」

「一応まだ、勤務中っすよ」

「それがどうした？」

「いや、俺は別にそういうの気にしないんで。いやむしろ歓迎です。でも、あそこの店はやめた方がいいってローズさんも言ってました。あの店はいわゆる魔族専用の酒場です。俺たち人間が行ってもまともに相手してもらえません。いやあ、それにしても意外です。リンさんはその、なんというかもっと生真面目なタイプかと思っていました」

「勘違いするなよ。見ての通りいたって平和そうな町並みだ。この通りを見て回るよりも、むしろあのような酒場のほうが異常はあるかもしれん。これはあくまでも夜警の一環だよ。魔族ばかりが集まるというのなら、なおのこと巡回コースに入れておかねばなるまい」

「あ、ああ……そういうことっすね。やっぱりまじめですね、リンさんは」

「──それに、魔族の飲む酒というやつにも興味がある」

「……えっ！　あ、飲むんですね。酒！」

「当たり前だ。先刻お前も言っていただろう。人間にはまともに相手をしないと。ならば酒を注文せずして話など聞けるはずもないだろう」

「そ、そうっすよね。これは任務ですからね。お供します！」

──勇者カインが魔王ゾルタクスを討伐して四年。世界には平和が訪れた。

人間と魔族における千年の戦争の歴史に終止符を打った勇者カインは新生統一国家の国王となり、彼の作り出した新たなる国家は、人間と魔族との共同生活の国造りであった。

しかしそれは、前途多難な物語の始まりでもある。

永きにわたり忌み嫌いあっていた両者間のわだかまりがすぐに消えることはない。

そのほとんどの町では人間、あるいは魔族だけが住み着き、互いの交流は四年の月日が経った今でもほとんど行われていない。

この町、ブラム伯爵の統治するシルバニア領については数少ない異例の町ともいえる。

かつては魔王ゾルタクスが治める魔族の土地であったシルバニアを治めるのは吸血鬼の伯爵、ブラム・フォン・ルベルストーカー。暴力主義的な思想の多い魔族の社会においても比較的に文化的な生活を行うこの町では、一部の商人を中心とした人たちが商機アリと入植してきた町だ。

新生国国王カインの新法に基づき、この商人を中心とした人間の入植を拒否することはできない。領主であるブラム・フォン・ルベルストーカーもまたこれを受け入れ、町の発展を望む領主でもある。

しかし、それを不服とする魔族もまた、少なくないのも事実である。

人間の商人がこの地で安全な交易をおこなえるように。

そして、魔族たちが、一方的に不利益な交易を受け入れなくてもよい環境を守るためにも、その町の治安を維持することは最重要の事案として考えられている。

この町において、人間側による警察組織が作られたのは必然の出来事だと言えるだろう。

その警察組織の長として派遣されたのがサラ・クラフト。かつての王都において司教を務めた聖職者でもある。無論これは、万が一伯爵であるブラム・フォン・ルベルストーカーが反旗を翻した時に対抗しうる『力』であったことは言うまでもない。

しかし、平和主義を主張するブラム伯爵は、サラに対し契約を持ち掛ける。

人間と上級魔族の間で交わされる契約には絶対の力があり、何人たりともこれにはあらがえない。

ブラム伯爵がサラに提案した契約とは、『いかなることがあろうとも互いに傷つけあうことは能わない』という契約である。

この契約により、お互いがこの町にいる限り、人間と魔族での本格的な衝突は回避できるはずだと踏んだのである。

この契約が、この町の現在を作り出した歴史でもある。

人と魔族の間に和平が成立した現在においても、ブラム伯爵率いる親衛隊には戦闘力の高い魔族が名を連ねており、これに対しサラ警備隊長はブラム伯爵に謀反の可能性ありと判断した。

そこで、万事に備え結成されたのが我が特務隊である。

『首狩り』の異名を持つ大剣使いのローズ。

『浄化の槌』の異名を持つプリーストのレイチェル。

『金狼』の異名を持つスナイパーのルゥ。

そして、『不死殺し』の異名で呼ばれる精銀刀を扱う剣士のリン。こと、わたしをくわえた四人がサラ警備隊長のもとに招集され、特務隊としての活動が始まった。

これら四人は、領主である吸血鬼のブラム伯爵が行動を起こした時に対抗しうる戦力だということは言うまでもない。

そしてまた、この特務隊の結成こそが、ブラム伯爵に警戒を強くさせる出来事であったことも否定できない。


朽ちかかった木製の扉を開き、酒場へと一歩踏み込む。それほど広くはないホールの中央には暖炉があり暖かく、その煙突が天井へと抜けている。

それほどにぎわっているとは言い難い店内ではあるが、客のほとんどは暖炉のすぐ周りの席を陣取っていて壁際の席の方は空いている。魔族といえどもやはり寒いのだろう。

見る限りではオークやゴブリン、それにデーモンの亜種もいるようだが、人間の姿は見受けられない。魔族独特のすえたにおいが立ち込めているが、それに対して嫌な顔をするわけにもいかない。むしろ、店内に入ってきた自分たちを不審な視線が取り囲む。『人間臭い』と感じているのかもしれない。自分たちのほうが歓迎されていないのは間違いないだろう。

店内を横切りながら、奥のカウンター席へと向かう。カウンターの椅子に腰かけると朱い髪の中年女性が近寄ってくる。

「人間か？　何の用だい？」

高圧的な態度だ。一見人間のようではあるが、口ぶりからするとそうではないのだろう。表情に幾本かの皺は走るが、見えている上半身の筋肉は引き締まっていて張りがある。舐められてはなるまいと反射的に不機嫌な態度を示してしまう。

「酒を飲みに来た。ここは酒場なのだろう？」

背後に、近寄る気配がある。ホブゴブリンの二人組だ。自然と腰の刀に手を添える。

「女将さんが言ってるのはなあ、ここに人間に飲ませる酒はねえと言う意味なんだよ」

「ほう……」

空気が張り詰め、酒場全体が静まり返り、視線がこちらに向けられている。赴任早々、ここで騒ぎを起こすわけにもいかないだろうが……

「ちょいと待ちなよ」

カウンター越しに女将がホブゴブリンに対して言葉を投げる。

「誰が人間に飲ませる酒はないなんて言ったよ！　相手が人間だろうが何だろうが金を払うなら客に違いないんだ。それにね、喧嘩を売るならもっと相手を見て売りな。この人間たち、ここにいる全員でかかったって手も足も出ないよ！」

「い、いやあ、俺達は別にそんなつもりじゃあ……なあ」

「あ、ああ。うん。そうそう……」

女将の言葉にホブゴブリン達は急にしおらしくなって立ち去る。

「女将、かたじけない」

「言っただろ？　あたいは金を払うなら客は誰だっていいんだよ。金を稼いでリッチになりたいんだ」

「おすすめの酒はなにかな？」

「セルペス酒だな。穀物と、この辺りのシダ植物。それに蛇を漬け込んだ酒だ。人間の口に合うかどうかは知らん」

「ならばそれをいただこう」

「そっちの坊やは？」

「あ、ああ。お、俺もおんなじもので」

「あいよ」

物の数十秒で用意されたグラスに注がれたセルペス酒。かすかに緑色がかった透明の酒だ。鼻を突くような刺激臭はかなり強い。口に運ぶには少しばかりためらってしまう。

口をつけ、一気に喉に流し込む。隣にいるルゥもそれにならい負けじと酒をあおる。

「う、うげえ！　な、なんなんすかこれ！　飲めたもんじゃないっすよ！」

ルゥはせき込み、顔を真っ赤にしている。

が、しかし……アルコール度数もかなり高く、刺激臭もすごい。喉を通るときに焼けるような熱さとかすかな痺(しび)れを感じるのは蛇の毒のせいなのかもしれない。

そして飲み込んだ後に喉の奥からさわやかな香(かお)りがじわじわと立(た)ち昇(のぼ)り、鼻先を抜けるころには甘みさえも感じる。

「……これは、美味いな」

「リ、リンさん……マジっすか？」

「ああ、マジだ。自分はそのようなくだらない嘘(うそ)は言わん」

「ほう、人間なのにその酒のうまさがわかるのか？」

「人間だからわからんなどと無粋(ぶすい)なことは言わないほうがいい。それに、見たところ女将も人間に見えるのだが、そうではないのかな？」

「まあね、あたいは元々人間だったのさ。まあ、今は人間やめて魔族になっちまったけどな」

「──そうか」

あえて深くは聞くまい。人にはいろいろと事情があるものだ。

魔族の由来についてはあまりわかっていないことも多い。

一般的に言うならば人間以外の、人間に敵対している亜人種全般のことを魔族と呼んでいるが、元々多くの魔族が人間に対し根本的に敵対していたわけではないだろう。

単に数の優位性において人間と呼ばれる種族がその他の亜種を差別し、その生活圏から追いやった。それらをまとめ上げた魔王がゾルタクスであり、そこに対立が発生していたに過ぎない。魔王ゾルタクスがいなくなった現在、人間と魔族は敵対の意味を失くし、互いに歩み寄りを始めている……はずだ。

神話によれば人類発生以前から存在していたとされているが無論そこにそれほどの信憑性はない。

神が人間を創った時の失敗作だとか、罪を犯した人間のなれの果てだとか、人間の文化圏では人間の下位の存在のように扱われているが、果たしてそれも一概に言えることではないだろう。

魔族の人種は人間のそれに比べて多種多様である。能力的なものにおいても、外見的なものにおいても種族差は大きい。亜人種だけでもヴァンパイアのように一見人間と見た目があまり変わらないものから、デーモンのように鳥類に似た頭部と翼をもつようなものまで様々だ。

そして、その種の繁殖方法についても多種多様で、ゴブリンやオークのように人間と同じく同種族間の性行為によって繁殖するものもあれば、アンデッドのようにかつて人間だった種族が何らかの理由で魔族に変わることもある。その過程は様々で、人間が知るところではない部分もあり、魔族もまたそれを簡単に教えるようなこともあまりない。

立て続けに二杯のセルペス酒をいただき、店を出ることにする。強い酒なのであまり飲みすぎれば仕事に支障もきたすだろうし、現状ここでの情報収集は難しいだろう。

しばらく通い、魔族たちと通じ合わなければ何を聞いても教えてくれそうにはない。

酒場を出ると、雪はさらに勢いを増していた。深々と降り積もる雪は通りの足跡を埋め、風は火照った体を厳しく弄る。

「そろそろ交代の時間だ。宿舎に帰るとしよう。いいかルゥ、酒場に立ち寄ったことはあのふたりにはくれぐれも内緒だぞ」

「もちろんっすよ。ローズさんはともかく、レイチェルさんはそのあたり厳しそうっすからねえ」

「ここだけの話、自分はあまり聖職者が好きではない。奴らは頭が固すぎるからな」

「レイチェルさん。おっぱいは柔らかそうなんだけどなあ……あ、冗談ですよ冗談。そんなに睨まないでください」

「睨んでいるわけではない。自分はもともとこういう顔なのだ。ただ、ルゥもそういうことを言うのだなと思ってな」

「嫌いですか？　だったらやめますけど」

「別に嫌いではない。うまく反応できないだけだ。今後は善処する」

「リンさん。やっぱり堅いですよね。おっぱいは柔らかそうですけど」

「……」

「あ、やっぱり苦手ですか？　顔、少し紅くなってますけど……」

「う、うるさい。こ、これはだな、さ、酒のせいだ！」

「あ、また紅くなった。リンさんって、結構かわいいところ、ありますよね」

「……」

ルゥは少しばかり機嫌よさそうに一歩前を歩く。まさか、一杯で酔っているというわけでもないだろうが……

雪道を歩き、詰所のすぐ近くまで帰ってきた。レイチェルとローズは夜警の準備をしているだろうか、だとか、早く風呂に入りたいだとか、この時はまだ、そんな余裕のあることを考えていた。

――目の前を、走り去る人影があった。

白いロングコートは我が特務隊の隊服だ。長い栗色の髪を風になびかせながら通りを左から右のほうへと駆け抜けていった。

その表情は、血の気が引いたように青白かった。ただ事ではないということが瞬間でわかる。

「レイチェル！」

声を掛けて引き留めようとしたが、レイチェルは耳を傾ける様子もなく走り去る。

「リンさん、今はそれよりもあっちの方が！」

詰所のほうを指さすルゥに従い視線を向けると、レイチェルの走り去った後には降り積もった雪の上に間隔を空けて緋色の染みが滲んでいる。

その先には、詰所がある。

「いやな予感がする。ひとまず帰ろう」

詰所は表通りからそれほど離れているわけではないが、少し外れて両隣の建物から少し間隔を空けた場所にあり、裏手はすぐ林になっている。

詰所の正面で血痕は止まり、先ほど見かけたレイチェルがこの場所から血を流しながら走り去ったということは間違いないだろう。

玄関には鍵がかかっている。もちろん自分は詰所の鍵を持っているので問題はない。


玄関を入ると正面はダイニングになっている。四人掛けのやや大きめのテーブルと椅子が四つ。奥にふたつの部屋がありそれぞれに扉がついていて、左の部屋が自分とルゥの寝室。右の部屋がレイチェルとローズの寝室だ。血痕は右の部屋の前から続いている。そこで、何かが起きているのは間違いない。

しかし、慌てず慎重に周囲を確認する。

玄関口左手のには両開きの大きな木製の窓があるが、こちらの方はぴたりと閉じられている。合わせ目には木製の打掛錠があり、こちらもしっかりと閉じられている。

左手の壁側に暖炉があり、現在も薪がくべられており室内は暖かい。暖炉の左手はキッチン。その間の壁には勝手口があり、建物の外に出られる。外には薪などを収納した小さなケージがあるが、この勝手口にも金属製の打掛錠がしっかりとはまっている。

暖炉の右手の扉の奥は浴室になっている。扉は閉まってはいるが、ここに錠前は付いていない。

全体的にシンと静まり返っている。ローズたちの寝室からはかすかに人の気配がある。レイチェルが走り去っていったことを考えるなら、ローズがいると考えるのが普通だろう。しかし、その部屋の前に落ちている血痕を見る限り、そうとも言い切れないことは明白だ。

静かに部屋の前まで忍び寄る。ドアの内側からカチリと音がする。サムターンが回転する音だろう。中にいる誰かが自分たちの侵入を拒み、鍵を閉めたのだ。静かにノブを回すがやはり内側から鍵がかかっているようだ。

ドアをノックしようとした自分をルゥが諌める。

「待ってください。中から、血の匂いがします。少量ではない、それなりの血液です」

息をひそめたような声だったが、部屋の中にいる何者かは気配を察知したらしい。

ギイ、ギイと、扉からゆっくりと後ずさる音が聞こえる。音の大きさから、中にいるものの体格がそれほど大きなものではないことがわかる。

「ルゥは後ろに下がっていろ」

半歩下がり、腰の精銀刀に手をかける。深呼吸をしてドアを蹴破った。

自分たちの使っている寝室と造りは同じだ。ベッドがふたつと、壁面の上部に小さな窓がる。ふたつのベッドの間には、首のない人間の死体。あおむけに倒れた女性の胴体で、ルゥと同じ白い隊服を着ている。

一太刀のもとに切断されたであろう首の切断面から大量の流血が部屋全体に広がっている。

その後ろに立っているのはやせ型の少女だ。雪のように輝く銀髪。真っ赤で上品なドレスに身を包み、まっすぐにこちらをにらんでいる。その目は鋭く紅く輝き、その眼光だけで背筋が凍るように冷たくなる。少しとがった耳とむき出しの犬歯。この少女は、吸血鬼だ。

そしてその手に、その小柄な体躯にはおよそ似つかわしくない大剣が握られており、刃先から鮮血が滴り落ちている。

ローズは高名な戦士だ。そのローズの首を一太刀のもとに切り落としたというのならばよほどの実力の持ち主だろう。

姿勢を落とし、刀を握る。抜刀術はその一瞬で勝負を決める。

吸血鬼の少女はその大剣を一度振り上げようとするが、思い直したように床に投げ捨てた。

賢明な判断だ。それほど広いとは言えないこの部屋で振り回すにはあまりにも大きな剣は、場合によって戦況を不利なものへと足を引っ張りかねない。

両の手を前に伸ばし爪を立てる。うなりをあげて牙を剝く。

勝負は怯んだほうが命を落とす。深く息を吸い、いつでも対応できるようにゆっくりと吐き出す。

鋭く輝くその眼光から視線を逸らす。魅了魔術にとらわれてはならない。

紅いドレスのスリットから細くしなやかな脚が伸びる。吸血鬼の吐く湿った息が冷え切った部屋に白い霧を生むと同時に差し出した脚が動いた。

勢いよく踏み出された脚に、こちらも呼吸を合わせ、一歩を踏み出す。

吸血姫が一歩踏み出した足先は床に広がる流血を踏みしめる。次の瞬間。ぬるりと滑らせたその脚が宙を舞う。バランスを崩して背中から倒れる吸血姫は無様に尻もちをつく。一瞬目をつむり、再びその朱い瞳をこちらに向けた時にはすでに遅い。抜刀したミスリルブレイドがその首筋にあてがわれる。かすかに触れた切っ先からジュウという音とともに煙が立ち上る。

「動くな。少しでも動けばこのミスリルの切っ先がその首を落とす。たとえ吸血鬼であろうとも復活することはできぬぞ」

吸血鬼の少女のその表情は、怯えているというよりはむしろあきらめているに近い。その眼光には不死の王と呼ばれるような威厳はなく、ただ虚ろに天井を見上げていた。

吸血鬼の弱点は銀である。通常の刃物で切り裂こうともその傷口はいくらも待たないうちに元の通りふさがってしまうが、銀製の武器であればそれは例外だ。ルゥの扱うライフルの銀の弾丸然り、この『不死殺し』と呼ばれる精銀の刀で与えられた傷はそう簡単にはふさがらない。人間が刃物で切り刻まれたときと同じようにその命を奪うこととなる。

この町を統べる領主、吸血鬼ブラム・フォン・ルベルストーカーに対抗するべく結成された我々特務隊が吸血鬼たちの天敵となる。

これが、ラヴィアという吸血姫を捕らえるまでの顚末。

そして、捕らえたはずのラヴィアにはこの後逃げられてしまうのだ。

容疑者を取り逃がし、首なし死体だけが取り残された詰所の中で立ち尽くす。

「現場検証をするためとはいえ、すぐに本部に連絡を入れようとするルゥを制止したのはわたしの責任だ。そこを避けるつもりはない。だが、しかし……やはりわたしにはあの吸血姫が犯人だとは考えにくくてな……」

「どうして、そう思うんですか？」

「眼、だな。わたしは今までいくつもの戦場を駆けてきた。戦場で敵と相対するときは相手の目線を見て、その殺気を読みあう駆け引きをしてきたのだ。だが、あの少女にはおよそ殺気立つものが何も感じられなかった。おそらく、戦場を経験してきた猛者ではないだろう。

　いくら吸血姫とはいえ、それが不意打ちだったとしてもこの特務隊に招集されるような戦士であるローズがそう簡単にやられるとは信じられない」

「そう……なんすかね」

「すまないがルゥは、この件を本部のサラ隊長に報告に行ってくれ。わたしはそれまでの間、もう少しだけこの場を検証しておく」

「はい。わかりました」

尋問中のラヴィアには公平な裁判を受けさせるとは言ったものの、もし、早い時点でサラ隊長を呼んでいたならラヴィアは犯人として処罰されたのではないかと思っている。

新国王が『人間も魔族も公平な裁判を受けられるようにする』と宣言し、人間と魔族とが共存する世界が始まったとはいえ、やはりまだまだその信頼関係は浅い。ましてやサラ隊長は元来敬虔な聖職者であり、それ故にアンデッドに対して強い嫌悪を抱いている。公平な裁きを期待するのは正直難しいだろう。

だからこそ、現場検証をしてラヴィアが潔白である証拠と証言がほしかったのだ。

いくらラヴィアが口で無罪であると主張したところでそんなことに意味はない。

もう一度、現場を確認してみよう。

各部屋上部に換気用の窓あり。
人が出入りできる大きさの窓ではない。

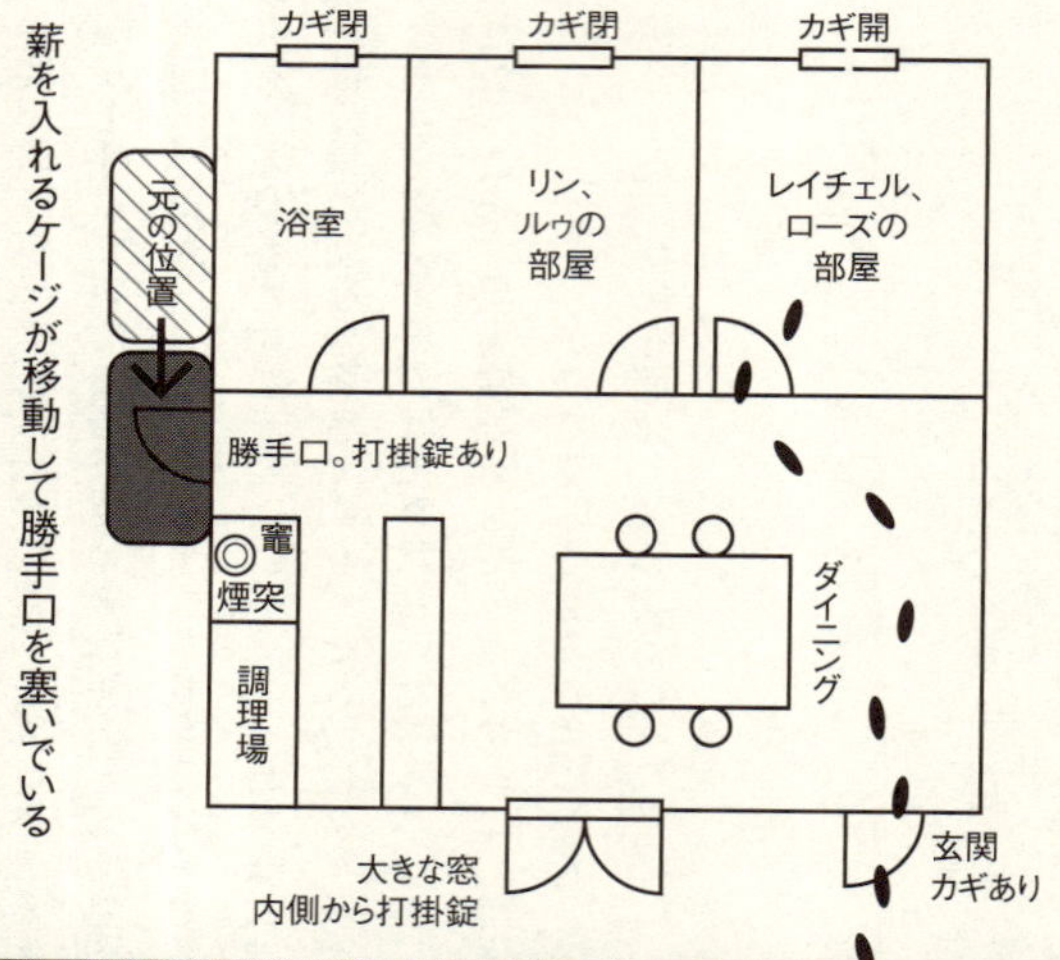

道路

リンとルゥが走り去る
レイチェルを目撃

On The Night
When The White Dress
And The Red Moon
Melt Together

部屋は一辺約5メートル程の正方形。入り口から入って正面の奥にベッドがふたつ、左右の奥にあるだけのシンプルな寝室。

出入口は入り口のドア以外にはない。奥の壁面の上部には小さな窓がひとつあり、これは約30センチ四方の換気用の窓だ。現在開いてはいるものの、ここから出入りすることは不可能。せいぜい頭がひとつ通るかどうか。

窓の裏に回ってみたが生首があるわけでもないし、痕跡もない。雪で埋まってしまった可能性もあるが、生首を落としたとして血痕が見当たらないというのも妙な話だ。

そもそも、切り落とした首を隠してしまわなければならないという理由がわからない。

部屋にはベッド以外、棚やクローゼットさえない。レイチェルとローズの私物は部屋の隅のバッグに押し込んであるものくらい。

ベッドの間の床に横たわる首なしの死体。胴体は女性の体で、頭部はどこにも見当たらない。白い特務隊の隊服を着ていることから、ほぼ間違いなくローズのものと考えるのが妥当。

首の切断面は一太刀のもとに切り落とされている。凶器は床に転がっている大剣だろう。その刃先にはいまだしっかりと、血液がこびりついている。もともとローズが使っていたものだと思われる。ラヴィアは自分と対峙したとき、一度この剣を使おうとしたがやめている。あの細い腕では振り回すには無理があるだろう。

自分たちがここを訪れた際、この部屋の入り口には鍵がかかっていた。

倒れている首なし死体の乳房に触れてみたが、まだ温かくて死後硬直は始まっていない。思っていたよりも随分と柔らかい。

せめてラヴィアから、逃げ出す前のレイチェルの様子を聞いておきたかったのだが、果たして彼女はどこに行ったのだろうか。

勝手口の裏に置かれた薪のケージは出口をふさぐためのものだと考えていいだろう。この位置に移動させることで足場として屋根の上に上がることも可能だろうが、暖炉に火が入っていたことを考えるならば、煙突から出入りしたとは考えられない。

唯一の出入り口は玄関のみで、その玄関でさえも自分たちの到着時には鍵がかかっていた。つまり、完全に密室状態であったと言っていい。

その密室内にいたのはラヴィアと首なし死体だけだ。

サラ・クラフト警備隊長が到着するのは意外に早かった。もし、早くに連絡を入れていればラヴィアの身柄を引き渡すことができただろう。しかし、それと同時に現場を十分に検証する時間も取れなかったに違いない。

「災難だったな、リン・アルバス・ルクス」

ルゥとともに現れたサラ隊長に敬礼をする。

「すいません。本件の失態はすべて自分にあります」

「そう、自責する必要もない。ルゥからおよその報告は聞いた。犯人がブラム・フォン・ルベルストーカー伯爵の令嬢、ラヴィア・フォン・ルベルストーカーであることがわかれば事件は解決したも同然だ。明朝君たちには、ブラム伯爵の館に出向いてもらうことになる」

「了解しました。が、一つだけ訂正があります」

「なんだ？」

「ラヴィアに関してはまだ、犯人と決まったわけではありません。我々は犯行の現場に居合わせたわけではありませんので、あくまでも重要参考人。あるいは容疑者とまでしか言えません」

「なるほどな。確かに犯人と言ってしまった私の失言だな。だが、現状聞く限りでは犯人はラヴィア以外に考えられそうにないがな」

「それに関しては調査を進めてまいります。ところで、レイチェルがどこに行ったのか御存じありませんか？」

「特務隊員のレイチェルのことか？」

「はい。我々は夜警から詰所に戻る直前に、現場から逃走するレイチェルの姿を目撃しているのです。まずは現場に急行するべきだと判断したのですが、その後レイチェルの姿を見ておりません。警備隊の本部に連絡に行ったのではないかと思っていたのですが」

「そのような事実はない。我々のところに一報が届いたのはついさっきのルゥが初めてだ」

「そうですか……と、なるともしかしてレイチェルは……」

「ああ、逃げ出したラヴィアに殺されてしまっているかもしれないな。おそらくレイチェルは殺害現場を見た証人だろうからな」

「そうかもしれませんね」

――正直なことを言えば、サラ隊長の見解は自分の考えとは違うものだった。そもそも、ラヴィアは一度自分たちに容疑者として捕まっているのだ。たとえレイチェルが目撃者であったとして口封じをする必要はない。

むしろ、目撃者であれば犯人がラヴィアではないことを知っているために襲われたか、あるいはレイチェル自身が……

「しかしな──」サラ隊長は言う。「一番重要なことは犯人が──、いや、容疑者がこの町の領主ブラム・フォン・ルベルストーカーの娘であることなのだ。これがもし、伯爵の差し金であるのならば由々しき事態と言える。伯爵の旗印のもと魔族たちが決起すればこの町は騒乱に巻き込まれるだろう。それだけはどうしても避けねばならん」

「サラ隊長、わたしはこの事件の犯人がラヴィアであるとは言い切れないと考えているのですが」

「うむ、確かにそうかもしれない。誰か裏で操っているものがほかにいて、我々に正面から戦争をさせようとしているかもしれない。そのためにも、まずはラヴィアを確保する必要がある。事情を深く質問する必要はどうしてもあるだろう。もし、伯爵が身柄の引き渡しに抵抗するようなことがあれば……その時は、わかっているな?」

「はい。そのための特務隊ですから」

「期待している。もし、伯爵に反乱の意志ありならば、魔族との正面衝突になる前になんとしても伯爵を討ち取り、事態の収束を図ることも視野に入れておかなければならないだろうからね。身柄の引き渡し要求については、一刻も早く確保したくもあるが、万が一のことも考えて明日の朝、日が昇ってからにすべきだろう。吸血鬼相手に夜戦は不利だ」

「了解しました」

「それでは、今夜のところはゆっくり休んで明朝に備えておいてくれ」

ローズの遺体は警備本部に引き取られ、直ちに宿舎には清掃（せいそう）が入り跡形（あとかた）もなく処理され、町には警備態勢が敷（し）かれた。


「ルゥ、少し話があるのだがいいかな」

「はい。なんですか？」

「ああ、今後の部屋割りのことなんだが」

「部屋割り、ですか？」

「ああ。この詰所の個室はふたつあるだろう。そこで、一つの部屋をローズとレイチェル。そしてもう一つの部屋をわたしとルゥとで使うという予定だったのだが、部屋が片方空いてしまった。だから、別々の部屋にしてもいいと思うんだが？　もちろん、レイチェルが無事に帰ってくれれば部屋は元に戻してもいいわけだが、今のところふたりしかいないのなら何も相部屋にする必要はないだろう」

「あ、いや……それは別に構わないのですが……その……気味が悪かったりしませんか？ローズさんがあんなことになった部屋ですよ」

「わたしは特に気にならない。そっちの部屋はわたしが使わせてもらうよ」

「え、あ……はい……しかし、リンさんってなかなかたくましいですよね。肝が据わっているというか」

「別にそういうわけではない。合理的に考えてそのほうが効率的だというだけのことだ。それよりも明日の任務は大変なことになる恐れもある。ゆっくりと体を休めておくんだぞ」

「あ、はい……そうですね。ですが、そちらの部屋は自分に使わせてください」

「わたしはそういうのは気にしない性質だ。気を遣わなくていい」

「いえ、使わせてください。部屋の鍵壊れていますし、何者かに襲われでもしたら」

「玄関や窓の鍵はちゃんと掛けておくさ」

「でも、夜中に俺が襲っちゃいますよ」

「返り討ちに遭うのが嫌でなければ構わんが？」

「たとえ歴戦の勇士だとしても寝ている時、人は無防備なものですよ」

「わかったわかった。ならばその厚意には甘えさせてもらおう」

「じゃあ、そういうことで、それじゃあ俺、風呂の準備しておきます」

「しかし、なんだな。風呂に入るのもふたりしかいないというのに湯船に湯を張るというのも少々贅沢か？」

「ああ、それならいい方法がありますよ」

「なんだ？」

「俺と一緒に入るっていうのはどうです？　ほら、ふたりで湯船に入ればお湯の量も少しで済むでしょう」

「なるほどな。それも一理あるか……」

「じょ、冗談っすよ冗談。さすがに断ると思ったんですけど」

「合理的だと思ったがな。別にわたしは構わんぞ」

「いや、むしろ俺の方が困りますよ。それじゃあ風呂、用意しておきます」

「ああ、すまないな」

ルゥは頬を赤らめて風呂の準備に取り掛かった。


朝になってもレイチェルは帰ってこなかった。ブラム伯爵の屋敷にはルゥとふたりで向かうことになる。万が一に備えて武器の手入れを行わなければならない。

日が昇ってから訪問するということは、つまりそういう意味を含んでいるのだ。万が一に備え、吸血鬼の力が弱まっている時間を選ぶ。

元司教であるサラ・クラフト隊長が『いかなることがあろうとも互いに傷つけあうこと

は能わない』という契約をブラム伯爵とかわしている以上、自分たち特務隊がブラム伯爵に対抗しうる唯一の戦力だ。

ブラム伯爵の屋敷は、このシルバニアの町のおよそ中央に位置する。対して警備本部は町の東部にあり、人間たちの住居のほとんどは身の安全を意識してこれを中心に存在する。対して魔族は基本的にこのエリアには立ち入らないようにしている。特務隊の宿舎があるのはこの魔族と人間の生活圏の境目にある。したがって我々が武装した状態で宿舎を出て、屋敷まで向かっている状態は魔族にとって警戒対象以外のなにものでもない。

門をくぐり、セバスと名乗る伯爵の執事を務める老紳士に出迎えられた。警備隊のものだと伝えるとそのままエントランスに通され、「こちらの方でしばらくお待ちください」とだけ言い残し、二階のほうへと上がっていった。

武具の携行ははばかられるものとばかり考えていたがそうでもないようだ。それなりの広さがあるにもかかわらずひとけはない。まるで、執事と伯爵、それに娘のラヴィア以外には人が住んでいないようではないか。

エントランスホールは広く、天井には豪奢なシャンデリアがぶら下がる。更にその上の天井にはステンドグラスの天窓がある。

エントランスの突き当りの壁には等身大と思えるほどの大きなブラム伯爵の肖像画があり、その左には鹿、右には獅子の頭部の剝製が飾られており、その二匹の生気のない眼光がこちらを睨んでいるようでもある。

自分たちは椅子には座らず、窓のカーテンを大きく開いておく。壁を背にルゥと離れて立ち、執事の入って行った二階のドアを注視して待つ。時を待たずしてブラム伯爵と思しき人物が一人で降りてくる。

背は高く、燃えるような真っ赤の長髪の紳士。黒いスーツを身にまとい、ジャケットの赤い裏地が目を引く。しかしながら、目が落ちくぼみ、頰がこけていて覇気がない。これは、単に吸血鬼としての特徴と言えばそうなのかもしれないが、以前戦乱時に何度か戦ったことのある吸血鬼は皆、言い難い妖艶さを秘めていたが、このブラム伯爵からはそういったものがあまり感じられない。

「お待たせしました。どうぞおふたりともお掛けになってください」

低くよく響く声だ。言葉を発するときに瞬きはおろか、一切の表情を動かさない。

「いや、このままで結構。今日は、いくつかお尋ねしたいことがあって来ただけだ」

「ほう」

「昨晩、人間の居住区が襲撃されたことはご存じかな」

「いえ、存じません。人間の方が何やら騒いでいる様子、というのは把握しておりましたが」

「我々特務隊の宿舎が魔族によって襲撃された。一人が死亡。一人は行方不明となっている」

「──魔族によって、とおっしゃいましたが、何か証拠でも？」

「その場に居合わせた魔族を捕らえた。しかし隙をついて逃げられてしまってな。その行方を捜している。ここに、いるのではないかと思ってな」

「なぜ、ここにいると？　まさか私が命令して襲撃させたとでもお思いですか？」

「本当に何も知らないのだな」

「と、言いますと」

「襲撃犯の名はラヴィア・フォン・ルベルストーカー。あなたのご息女で間違いないな？」

その名を出した時、ブラム伯爵の顔が引きつった。はなから表情が存在しないというわけでもないようだ。

「そうですか、ラヴィが……」

「それで我々がラヴィアの身柄を引き取りに来たというわけだ」

「そうですか……しかし、まことに申し上げにくいのですが、娘はここにはおりません」

「住所録としては、ここに住んでいることになっているようだが？　もし、匿っているのであればそれは罪に問われる。隠匿罪として伯爵自身を逮捕、連行することの許可も出ている」

「それはまた、随分と横暴なやり口ですな。でしたら、好きなだけこの屋敷を探しまわっていただいても結構ですよ。なに、それほど広くもない屋敷だ。すべての部屋を探しまわったところでそれほど時間もかかりますまい」

「そうか、だが、それには及ばないな。そこまで自信をもって言われるのであれば、我々が探して回ること自体無駄な労力でしかないでしょう。

　それに、これほどまでに古い屋敷だ。屋敷の者以外到底わかりえないような隠し部屋があっても不思議ではないだろうし、もしいないという言葉が言い逃れであったことが後日わかれば我々は十分に伯爵を逮捕する権利を得るわけだ。ならば、無駄と思えるような捜査などする必要がないだろうね。そのうえで聞くのだが、なぜ、ラヴィアはここにいないのだ？」

「誠に申し訳ありませんが、何しろ不肖な娘でしてな……数日前に家から追放したのです。ラヴィは運動能力も魔力も低く、魔族を、この町を統治するだけの資質がございませんでしたので、縁を切り、追放したばかりなのでございます。しかし、不肖な娘のこと、町を出ると見せかけて賊に堕ちたのかもしれません。ともなればこれは一族の面汚し。汚名を晴らさせていただくため、ラヴィの身柄は我々の手で見つけ出しましょう」

「いや、それには及ばんよ。ラヴィアにはしかるべき裁判を受けてもらい、そのうえでの処分となる。伯爵を疑うわけではないが、そちらで身柄を確保して匿ったり、あるいは口封じのために処分してもらっても我々としては困るのだ」

「裁判など、受けさせる意味がありますかな？」

「冷たい物言いだな。ラヴィアはお前の娘だろう。お前には、心というものがないのか」

「おっしゃいますな。聞くところによれば人間は薄情なことを〝悪魔〟と比喩するとか。その通りのことに過ぎませんよ。

ですが、一つ訂正しておくこととして、私が裁判を受けさせる意味がないと言ったのは、現状この町で行われている裁判は、公開された場所で容疑者にもっともらしい罪を着せて、それを理由に残酷に処刑し、恐怖をあおるだけの茶番。そんなことに意味があるのかと皮肉を言っているだけですよ」

「そうか。自分はまだこの町には赴任したばかりでな、そのあたりのことはよくわからんが、新国王が『人間も魔族も共に公平な裁判を受けるようにする』と言った以上、我々はそれを実現するために尽力するつもりだ。勝手な処刑は許さん」

「わかりました。肝に銘じておきましょう」

「何かわかったことがあればすぐに知らせてほしい。何も警備本部まで行かなくとも、我々特務隊の詰所はすぐそこにある」

それだけを言い、踵を返す。

「え、もういいんですか」

ルゥが怪訝そうに言ってくる。

「ブラム伯爵は何も知らないと言っているのだ。ラヴィアもここから追放されたのだとあってはこれ以上聞くこともあるまい」

「いや、でもそれじゃあサラ警備隊長が……」

「自分たちに与えられた任務は完了した。これ以上ここに長居する意味はないだろう。それでは伯爵、我々は失礼する。もしもラヴィアがここを訪れるようであれば、速やかに我々に報告してもらいたい」

「かしこまりました」

踵を返し、館を立ち去る直前にふと重要なことを思い出し、振り返り伯爵に尋ねる。

「ところで伯爵。ロゼッタというものを知っておられるか？」

あの時ラヴィアは言った。『友達を護るために』『ロゼッタちゃん』と。

「ロゼッタというのは、おそらく以前の戦乱の最中、騎士団長をしていたロゼッタのことだろう。ラヴィは随分となついていた。不器用な魔族でな、ゾルタクス陛下が崩御されて戦乱の世が終わるとともに町を離れた。おそらく生まれ故郷の森にでも帰ったのだろう。デュラハンは魔族であると同時に森の妖精でもあるからな」

「デュラハンだと？」

「そうだ。ロゼッタは元この町の騎士団長のデュラハンだ」


伯爵の館を離れ、詰所へと戻る道中、ルゥは言う。

「リンさん、あれでよかったんですか？　昨日のサラ隊長の口ぶりじゃあ、娘なんてどうでもいいから伯爵を討ってこいと言っているみたいだったんですが」

「みたいではなく、隊長はそういう意味で言っていたのだろうね。だが、そんな横暴をするために自分たちはいるわけではない。カイン新国王は『公平な裁判』を受けさせるべきだと言ったのだ。それは、サラ・クラフトの横暴を牽制する言葉でもあることを忘れるな」

「その言い方、リンさんはあまりサラ隊長のことを好きではなさそうですね」

「サラ隊長のことが嫌いなわけではないさ。まだほとんど話をしたこともなくて、好きか嫌いかなんて判断するにも至っていない。ただ、わたしはあまり聖職者というものを信じていないところがある」

「無神論者なんですか？」

「そもそも、神なんて見たこともないからな。だが、悪魔なら何度も見たことがあるし、戦ったことも切ったことだってある」

「でもですね、聖職者たちが使う神聖魔法ってあるじゃないですか。あんな奇跡が使えるってことはやっぱり『神』はいるんじゃないですかね？　そもそも魔族は天性の能力として『魔術』が使えたりしますが、人間は使えない。そりゃあ、魔族の魔術について研究して魔術を使いこなす人間もいなくはないですが、そうではなく聖職者の使う『神聖魔法』というものは、その神に対する信仰心によって得られるというじゃないですか」

「どうかな、自分はそもそもその『神』というものに半信半疑なんだよ。そもそもそういうものがいるのであれば、その力を以て地上の様々な問題を解決してほしいくらいだ。だが、実際『神』はそういうことはしない。聖職者が魔術まがいの神聖魔法を使うのだって、もしかするとそれは悪魔の魔力を借りているだけであり、それを自分たちにとって都合のいい『神』なんてものに言い換えているだけかもしれないだろう？

わたしは別にそのことをとやかく言うつもりはないが、世界を救いもしない『神』なる得体のしれないものを都合よく『神聖』などと言って正当化する聖職者を信用できないだけだよ」

「あー、なんていうか……今の話は聞かなかったことにしておきますよ」

「そうだな、それが賢い選択だ。今のこの町で生きていくにはね」

純潔を穢す緋色の牙

On
The Night
When
The White Dress
And
The Red Moon
Melt
Together

——アタシはいらない子だった。

「ラヴィ、お前は能力的にも魔力的にも圧倒的に弱い。故に伯爵の地位を継がせるわけにはいかない。今すぐ荷物をまとめて出て行くがいい。二度と、この町に帰ってくることは許さん」

十八歳の誕生日を迎えた朝、パパがアタシに向かって言った言葉だ。

確かにアタシは落ちこぼれの吸血鬼だ。体力も魔力もまるでダメだ。だけどそれは全部アタシのせいじゃない。人間だ。人間がすべて悪いのだ。

吸血鬼がのびやかに、健やかに育つためには何はともあれ人間の血を飲まなくちゃならない。これはずっとずっと昔から決まっている常識で、それなのにアタシはいまだかつて人間の血を飲んだことがないのだ。だから弱くて当たり前。

吸血鬼といえども、基本の食事は他の魔族や人間たちとあまり変わらない。お肉も食べるしお魚も食べる。お野菜だって果物だって栄養バランスよくちゃんと食べて育ってきた。だけど、思春期を迎えたころから吸血鬼には、この食事プラス人間の生き血が必要になってくる。

それなのに、アタシが十四の時。そろそろ自分で人間の生き血をあさりに行かなければならない年頃の時に、大魔王ゾルタクス様が人間のカインに殺害されてしまったのだ。

それからというもの、魔族の社会を人間が支配するようになり、魔族が人間に危害を加える行為、すなわち吸血行為を禁止してしまったのだ。

おかげでアタシは思春期以降、著しく成長不良となってしまった。日常生活に支障をきたすというほどではないが、体力も弱く魔力もまるでない。一般的に吸血鬼が持っているという特殊能力。不死の治癒力や魅了、変身などそれらの能力はまるでない。それどころか、ちゃんと栄養バランスを考えて食事をとっているはずなのに、体はやせぎすで胸だってほとんど成長していない。これははっきり言ってすべて人間のせいだ。

しかしパパは、そんなアタシのことを見捨てずに今日までちゃんと育ててくれた。だからアタシも一生懸命家事をこなし、それなりに頑張ってきたはずだった。

それなのに、十八歳。魔族にとって大人と認められるその年になったその朝、アタシは家を追い出されてしまった。

これからは一人で生きていかなくてはならない。しかも、この町にいることさえ許されないのだ。こんなことがあっていいものだろうか。

アタシはその日のうちに荷物をまとめて家を出た。旅の友はペットのスラッチだけだ。

このスラッチもかわいそうな子なのだ。アタシと同じ、人間の支配のもとで不幸になってしまったかわいそうな子。


スラッチの種族はスライムだ。元々知性の高い生き物ではないから法律がどうとか言っても始まらない。

スライムの食事は普通、動物など生き物を捕食する。その皮膚を溶かして吸収するのが食事方法で、その相手が人間だとか動物だとかあまり気にはしない。食べ物がそこにあるから食べるだけのことだ。

そして、スライムは時として人間を襲う。法律など知ったことじゃないから、人間を襲ってしまい罰として処刑されてしまうのだ。

しかし、その中でも少し知能の高いスライムは生活環境に応じて進化することがある。

スラッチは、肉を食べない。主に金属とか布だけを食べるスライムに進化したので人間に危害を加えることはないので、人間と共存するこの町でもペットとして飼うことが許されるのだ。

金属ばかり食べるようになったスライムはその成長の過程で体内の組織に金属が多く含まれ、金属系のスライムになったり、野菜ばかりを食べると緑色になったりと体内組織が変化することもあるので食生活には注意が必要だ。

アタシはスラッチにはできるだけ金属を与えないように育て、今は主に布だけを食べるスライムに進化した。

荷物をまとめ、とは言ってもその荷物はわずかだ。生きていくために必要なもの以外は邪魔になるだけ。朝になってから館を出る。夜に魔族が出歩いているといちいち人間たちが警戒してあらぬ疑いを掛けられるので、眠いけれど昼に行動したほうがいい。アタシは吸血鬼としては失敗作だけど、そのおかげか日中でもわりと元気に行動できる。

出発の直前にポストを覗く。

もう自分には必要がないにもかかわらずそうしてしまうのはいつもの習慣だからだ。

パパの仕事用の封書ばかりが目立つ。その中に自分あてのものがあった。送り主はロゼッタちゃん。以前はパパの部下で騎士団長をしていたのだけど、戦乱が終わると同時に引退してしまった。町はずれの森の中に住んでいるから遊びに来てほしいというものだった。ちょうどいい！　行き場を失くした自分にとって、願ってもない誘いだ。町はずれということならきっとパパも怒らないだろう。昔のよしみで少しの間、いいや、できるならずっとでも住まわせてもらえるならありがたい。力仕事は無理だけど家事くらいなら一通りできる。

森の道は険しくて、たどり着くには半日かかってしまった。手紙に書かれていた場所には丸太を重ねて造った小さな小屋がある。

ドアをノックする。

「こんにちはー。アタシ、ラヴィだよー。ロゼッタちゃーん、遊びに来たよー」

少し間をおいて中から声が響く。

「入口開いてるから中に入ってよ」

「お邪魔しまあす」

ドアを開いて中に入る。こぢんまりとした家屋で、部屋の奥には暖炉があり天井へと煙突が抜けている。あとはベッドとテーブル。それに小さなキッチンがあるだけの簡素な小屋だ。

暖炉の手前のテーブルの上、金髪の長い髪の女性の頭部がぽつんと載っている。

「ロゼッタちゃーん。ひさしぶりー」

「大きくなったね、ラヴィ！」

「ロゼッタちゃんは相変わらずだねー」

テーブルの上の首、ロゼッタちゃんを抱きかかえる。相変わらず美しい顔だ。二十代半ばくらいの年齢にも見えるが、実際は二百歳を越えているはずだ。

子供のころはいつか大きくなったらロゼッタちゃんみたいになりたいと思っていた。だけど人間たちの支配のせいでうまく成長できなかったアタシはやせぎすでロゼッタちゃんのように妖艶な大人にはなれなかった。ロゼッタちゃんのカラダはとても素敵な体型で──

「あれ？　ロゼッタちゃん。胴体はどこ？」

「ああ……それがね。なくなっちゃったんだよ」

「なくなった？」

「うん。数日前のことなんだけど、人間の男が突然この小屋にやってきてね、わたしの胴体を持ち去ってしまったんだよ」

「ど、どろぼう？」

「まあ、そういうことね。泥棒なのか、誘拐犯なのかちょっと定かではないのだけれど」

ロゼッタちゃんは、デュラハンという種族だ。元来は森の精霊の仲間で、首から下の胴体と頭部とが独立した状態で生活している。

戦場では甲冑に身を包み、騎士の姿として戦うことが多く、その際頭部は小脇に抱えて戦うのが一般的だ。つまり、片手が使えない。それなのに魔族の騎士団長を務めるほどの強さを誇るというのだからその実力のほどは言うまでもない。

だけど、戦乱が終わった後のロゼッタちゃんは騎士団を引退して森へと移り住んだ。

いや、本来の森の中で暮らす生活に戻ったというべきか。それなのに……

「体を盗まれたってどういうことよ！」

「ちょっとばかり油断をしてしまったのだよ。ちょっと居眠りをしている間に人間がやってきて、わたしの胴体をロープのようなもので縛り上げてしまった。目を覚まして慌てた時にはもう遅い。いくら叫び声をあげたところでどうにもならず、人間は縛り上げたわたしの体を持ち去ってしまったのだよ」

「それ、大変じゃない！」

「まあ、確かに困ることには困る。何しろ体がないんだ。ここでじっとしている以外何もできないのだからな」

「な、な、なんでそんなに冷静でいられるのよ！」

「わたしは妖精だからな。別に何もしなくても、何も食べなくても死ぬことはない。ただ、今頃自分の体がどうなっているのかと考えると、怖くて昼も眠れない」

「あ、そういえば、ちょっと気になるんだけど、ロゼッタちゃんのカラダの感覚ってどうなってるの？　体に、痛覚はあるの？」

「もちろんあるさ。そうでないといろいろと生活に支障もきたす。触られれば感触もあるし、傷つけられれば痛みもちゃんとある。でも、それは他の生き物に比べればとても小さいみたいだね。だから、戦闘においては自身の痛みに戦意を喪失することもないから、わたしは現役時代に大きな戦果を挙げることができたよ。

だけどねそれはテレパシーのようなもので感じているだけなので、ある程度距離が離れてしまうともう、何も感じなくなってしまうのだ。

つまり、今。自分の胴体がどこで、誰に、何をされているのか、一切感触がないのでわからないのだ。

わからないから特別苦痛でも何でもないのだけど、それが今何をされているのかと考えると怖くなるのだよ。傷つけられているのかもしれないし、あるいはとっくに解体されてしまっているかもしれない。

　それならばまだマシだ。わたしの体を持ち去ったのが、人間の男だということを考えると、おそらくそれはあまりにも禍々しいことに使用されているのではないかと考えてしまうのだ。その様を想像するとね……さすがにわたしも怖くなる……」

「――あまりにもまがまがしい事？　よく、わからないなあ」

「そうか。ラヴィは人間たちのあの禍々しい行為を知らないんだな」

「え、なに？　なによそれ？　ちょっと教えてよ」

「本当に知りたいかい？　それを知る、覚悟はあるのかい？」

「アタシだってもう大人だよ！　体はさあ、まだこんなだけど、それでももう十八になったもの！　大丈夫よ。それに、人間が行う恐ろしいことが存在して、それを知らないというこ とのほうがよくないわ！」

「確かにそうだね。ならば教えてあげるよ。人間たちが快楽を目的として行う禍々しいセックスという行為について――」

「な、なによそれ。むちゃくちゃじゃない！　人間て、ホンット汚らわしい！

　それじゃあなに？　ロゼッタちゃんのカラダは今、人間たちの手によってそんなことをされているかもしれないってことだよね？」

「まあ、そういうことになるだろうね」

「ゆ、ゆるせない……。アタシ、今から人間のところに行ってロゼッタちゃんのカラダを取り戻してくるわ」

「そんなことを言って、あてはあるのかい？」

「うーん、それはそうなんだけど……」

「わたしも犯人についてはよくわからないんだけどね。白いコートを着ていたのは憶えているよ。もしわからなければ、人間の警察組織を頼ってみるのもいいかもしれない。やつらだって人間がこの町で堂々と犯罪行為をしているとなれば立場上動かなくてはならないだろうしな」

「白いコートを着た人間の男ね。わかったわ！　アタシ、必ず取り戻して見せるから！」

とは言ったものの、手掛かりなんて何もないに等しい。スラッチをロゼッタちゃんの家において、再びシルバニアの町に戻ったのはすっかり日も暮れた真夜中。大雪のせいで外は寒く、出歩いている人間はほとんどいない。

これじゃあ白いコートを着た男なんて探すことなんてできるわけがない。それに、気が付けば朝から何も食べていないのだ。アタシはこれでも吸血姫だからちょっと食べないくらいで死ぬことはないだろうけれど、やっぱりおなかが減っていると力が出ない。

家を追い出された以上帰ったところで食べ物なんてないだろうし、どこか食事のできるお店にでも入ろうかと考えて、自分がお金を持っていないことに気が付いた。

多分魔族のお店なら顔パスで食事くらいさせてくれるだろうけれど、その請求が後でパパのところに行くのかと考えるとどうしても気が咎める。パパに迷惑が掛からないようにだとかそういうことじゃない。アタシのことを要らないと追い出したパパに、アタシが役に立つ優秀な存在なんだと認めてほしいからだ。正直に言えば、ここでロゼッタちゃんを助けて見せればパパだって思いなおしてくれるかもしれない。そんな期待だってある。だからそれまではパパの力を一切借りない形で成し遂げたいのだ……とかっこつけてどうにかなるものなら問題はないのだけど……。

ふと、通りにある一軒の建物に、『警備隊詰所』という看板があるのを発見した。そういえばロゼッタちゃんも、人間の警察組織に相談するのも悪くないと言っていたのを思い出す。人間なんかに力を借りるのは正直気が進まないのだけれど、手掛かりがないのだからそれもしょうがないことだ。

コンコン。と、ドアをノックする……が返事がない。

「あのう……すみませーん」

返事がない。ドアノブを引くと鍵はかかっていないらしく簡単に開いた。

建物の中は警備隊の詰所というよりは普通の家のようでもある。正面はダイニングになっていて、奥に扉がふたつある。向かって右の部屋に血痕が続いている。あの部屋にけが人が運び込まれているのだろうか。だとすれば、そこに人がいる可能性が高い。

アタシはその扉に近づきドアを開けた。

ベッドがふたつあるばかりの簡素な部屋。ふたつのベッドの間には、白いロングコートを着た首のない胴体がある。あたりには血糊がべったりとばらまかれている。

ロングコートの特徴はロゼッタちゃんの言っていたものとおよそ一致する。しかし、犯人は確か男だったはずだ。見る限り首なしの胴体は女性のものである。

聡明なアタシはすぐに一つの結論にたどり着いた。この胴体は、きっとロゼッタちゃんのカラダに間違いない。きっとカモフラージュか何かのために血糊をばらまき、自分のコートを着せているのだろう。ロゼッタちゃんとは昔から何度も会っていて、体つきなんかもよく知っているから間違いないと思う。

アタシは駆け寄り、そのカラダを抱きかかえようとした。

「あついっ！」

コートに触れた手のひらが火傷をしてしまっている。

「まさか、このコート、銀の繊維を織り込んでいる？」

吸血姫であるアタシの弱点は銀だ。その弱点である銀の繊維を織り込んであるということは、犯人の男というのは噂に聞く特務隊というやつかもしれない。先日パパが言っていた。人間は対吸血鬼専門の特殊部隊を結成したらしいと。もしかするとロゼッタちゃんのカラダを奪った犯人の男は、吸血鬼に取り戻されないようにこの服を着せているのかもしれない。なんて手ごわいんだ。だけど、どうにかしてこの服を脱がせて体を持ち帰らないことにはロゼッタちゃんがあまりにも不憫だ。

どうすれば服を脱がせられるのか、何か道具がなければ無理そうだとあたりを見渡す。

ふと、入り口のドアの向こうの視線に気づく。ロゼッタちゃんの胴体と同じ白いロングコートを着て首には赤いスカーフを巻いている。その青い目で栗色の髪の女性は虚ろな目でこちらを一瞥し、逃げるように玄関のほうへと走っていく。

「マズい。見られた」

先ほどの女性がロゼッタちゃんの胴体を持ち去った犯人だとは考えにくい。しかし、あたりは血だらけの部屋に首なしの胴体。第三者だと考えても、この状況ではまるでアタシが殺人を犯しているようにしか見えない。

いつまでもこの場所に引きこもっているわけにもいかず、なるべく早くにこの場所を立ち去るべきだろう。しかし、逃げる場所なんてどこにもない。小さな窓がひとつだけあるが、さすがに小さすぎて頭を通すのが精いっぱいだ。

ひとまずここは退散するしかないと玄関のほうへと向かう。玄関のドアに手を触れようとしたときに声が聞こえる。どうやら、その扉のすぐ向こうに人がいるようで、今すぐにでも入ってこようとしている。

急いでキッチン脇の勝手口に向かう。しかし、扉の向こうに何かがあって、押しても引いてもドアはびくともしない。

アタシは慌てて元の部屋に引きこもり部屋のドアに鍵をかける。ひとまずドアのサムターンを回し、内側から鍵をかける。今更ながら、なんでこの部屋に戻ってきてしまったのかと後悔するがどのみち逃げ場などない。部屋を見渡すと、首なしの胴体のすぐそばに大剣が立てかけられている。剣術の心得はないが、何か武器が必要だった。その剣を手にしたとき、鍵をかけていたにもかかわらず、躊躇なくその扉は蹴破られた。

白い着流しを着た凛とした姿の人間の女性。そしてその後ろには、足元の胴体と同じ白いロングコートを着た金髪の男。肩から銀の装飾の施されたライフルを提げている。

犯人に間違いないと確信した。

逃げ場はない。しかも二対一だ。圧倒的な不利であるこの状況において、アタシは一歩もひるまない。手にした大剣を振り上げ——ようとしたが、あまりにも重くて持ち上がらない。剣を捨て、鋭く爪を立てて牙を剝く。猪突猛進的に襲い掛かった。


あと一歩のところまで追いつめたアタシだったが、不運に見舞われて人間に捕らえられてしまった。椅子にロープで縛りつけられ、口に猿轡をかまされる。身動きの取れない絶望の状況で、ロゼッタちゃんから聞かされたおぞましい話を思い出した。

人間が快楽のために行うというあの恐ろしい行為。外見的に人間の女性の特徴とそれほど変わらないアタシが、この金髪の男の快楽の餌食にされてしまうことは容易に想像できる。そんな慰み者にされるくらいならばいっそこの場で舌を嚙んで死んだほうがマシだ。

だが、それも猿轡のせいでかなわない。

椅子に縛り付けられたままのアタシを一人ダイニングに残し、人間たちはロゼッタちゃんの胴体のある部屋で何か話をしているようだ。今の内にどうにかしなければと必死でもがくが、もがけばもがくほどにロープが体に深く食い込み、そのたびに着衣が乱れる。肌もあらわとなり、これでは余計に人間の欲情を搔き立ててしまう危険もある。しかし、自力で抜け出すのはやはり困難だ。

「んっ、あっ、はぁ、はぁ……」

息が上がり、呼吸も乱れるが、猿轡のせいでうまく息も継げない。乱れた呼吸で猿轡が湿り、さらに息苦しく息が上がる。まったくの悪循環だ。

そして、着衣も乱れ火照ったアタシを、帰ってきたふたりの人間が見下ろす。もう、覚悟を決めるしかないのか。

「我々の仲間をやったのはお前か？」

人間の女の質問に呼応して、ルゥと呼ばれた青年がアタシの猿轡をはずす。どうやら人間の女は、ロゼッタちゃんのカラダを人間の首なし死体だと思っているらしい。後ろの男は何も知らないかのように演じている。

——アタシはその男に盗まれたロゼッタちゃんのカラダを取り戻しに来ただけだ！

そう言おうとして思いとどまる。聞けば女のほうは人間にしては理解があるようだ。正直に言えば少しは話を聞いてくれるかもしれない。

だけど、男のほうはどうだろう。この期に及んで何も知らないふりを決め込み、アタシをロープできつく縛り、余計なことを言わないようにと猿轡までかましてきたやつだ。人間にとって都合の悪いことを知ってしまったアタシを、生かしてはおかないという可能性だって考えられる。

ならば、アタシは何も知らないでここに迷い込み、濡れ衣を着せられそうになっているとだけ主張したほうが、まだ身の安全を確保できるかもしれない。

「アタシはやっていない！」

ひたすらにそれを主張する。

黒髪の女剣士は意外と物分かりがいい様子だった。アタシみたいな落ちこぼれの魔族の言葉を真摯に受け止めて話を聞いてくれる。思っていた人間とは少し印象が違う。だけど男のほうはそれが気に入らないみたいだ。アタシが犯人だと決めつけたような発言で女を煽る。

女剣士が何かを思いつき、建物の裏手へと回った。

部屋には金髪の男とふたりきりだ。ふたりきりになると男の態度が少し変わったことに気づく。

「お前さ、うまく逃げられるなんて思うなよ。どう考えたってお前がやったとしか思えないんだからな」

高圧的な態度だ。本当は自分(じぶん)の蒔(ま)いた種(たね)であるにもかかわらず、アタシを犯人に仕立て上げてその身の安全を確保しようとしている不届きな奴(やつ)だ。本来ならば無視して黙(だま)っておいた方がいいのだろう。だけど、おちこぼれであってもアタシは不死の王、ルベルストーカーの名を継ぐものだ。つい、反抗(はんこう)的な態度をとってしまう。

「アンタこそよく言うわ。アタシ、全部知っているんだからね。アンタがとんでもないド変態でそこの首なし女体を使っていかがわしいことをしようと企(たくら)んでいたこと。アタシは全部知っているんだからっ！」

「なっ、なにを！」

「この変態男め！　アタシ、見てて気づいたんだけどさ。アンタあのリンっていう女剣士に惚(ほ)れてるでしょ！」

「そ、それがどうした！」

男は頬(ほお)を赤らめた。実に分かりやすい反応だ。

「アンタがその首なし死体の体を使っていかがわしいことをしようとしているのはわかっているのよ。もし、そのことをあの女剣士が知ったら、どう思うかしら？　アンタ、きっと嫌(きら)われるんじゃないかな？」

「な、なにをわけのわからないことをさっきから言っているんだ。勘違(かんちが)いしているかもしれないけどな。俺は……」

　そう言いながら男はアタシの目の前で衣服を脱ぎ始めた。白いコートを脱ぎ捨て、下半身の衣服に手をかけ、脱ごうとする仕草に、アタシはロゼッタちゃんから聞いていた、人間が行うという恐ろしい快楽について思い出した。

　女剣士はこの場にはいない。アタシと、変態男とふたりきりの空間で、衣服を脱いだ男が今からアタシに何をしようとしているかを想像して恐怖のあまり全身が粟立った。

「きゃあああああ！」

　思わず上げた叫び声に男は慌てふためき、建物の外でその悲鳴を聞いた女剣士は慌てて舞い戻って来た。

　その混乱の最中、一瞬の隙を見つけたアタシは女の手に噛みつく。牙を立て、その歯根から女の生き血を吸い上げた。

　それは、ほんのわずかな時間に吸い上げた、ごく少量の生き血でしかない。

　だがしかし、あまりにも甘美で、とろけるような舌触りと香り。

　今まではちゃんと大人になるためにと考えて、動物や魔族の血を代用品として飲んでみたことはある。しかしそれらはあまりにも醜悪な味と香りがゆえに飲み込むことすらできなかった。もう、こんなものを飲まなくてはならないのならば大人になんてならなくたっていいとさえ考えていた。

だけど、本物の人間の血はまるで違った。

わずかに口にしたその血液だけで、全身に活力がみなぎってくる。

そうだ、これこそが吸血姫の本来あるべき形なのだ。

あきらめかけた自身の命に、もう一度可能性を感じた。

「やぁ！」

掛け声とともに、自分の体が小さな蝙蝠の姿に変身していることに気が付いた。今まで、何度試してもうまくいかなかった吸血鬼の特殊能力の一つ。

力強く羽ばたき、開いていた窓から建屋の外に飛び出した。もう、人間ごときがアタシに追いつけるはずもない。雪が降りしきる冷たい夜に、アタシの心は温かかった。

雪に包まれた地面は遥か足元だ。見上げれば空に、紅い月だけがアタシを祝福するかのように輝いていた。


再び、ロゼッタちゃんの家まで帰るのにそれほど時間はかからなかった。空を飛べるってことは素晴らしい。

ロゼッタちゃんは留守だった。明かりの灯されていない家ではあるが、取手を引くと抵抗なく開いた。照明をつけるとスラッチがアタシを見つけて飛びよってくる。

ロゼッタちゃんは現在、首から上しかない状態だからそんなに遠くには行っていないだろうとは思う。暖炉には火が入っているため部屋は暖かく、疲れていたのもあっただろう。いつの間にか眠りに落ちていた。

目を覚ましたのは、すでに日が昇り、そしてまた沈みかけようとする時刻だった。こんなに長い時間眠っているのも珍しい。家にいたころはアタシが家事をしてパパの面倒を見ていたからそれなりにやることも多かったのだけど、今となってはそれもない。

ふと、テーブルの上を見るとロゼッタちゃんの首がそこにあった。

「ロゼッタちゃん！　帰ってきていたの！」

「ふふふ、ごめんよ。あまりにも気持ちよさそうに眠っていたものだからね」

「ああ、ごめんなさい。今すぐ食事の用意をするわ」

「いや、大丈夫だ。ラヴィはお客さんなんだから何もしなくてもいいんだよ」

そう言ってくれるのはありがたいが、できることならお客さんなんかじゃなく、しばらくここに置いてもらいたいと考えている。だったらせめて家事くらいはするべきだけど。

「そもそもわたしはさ、食事をしないのだよ。考えても見てごらん。今のわたしには胴体というものがない。つまり、食事をしてもそれが入って行くところがないのだよ。それに、もし近くにあったからと言って食道がつながっているわけじゃないから食事はできないのさ。だから食事はラヴィが食べたいときに自分の分だけ作って食べればいいよ」

まったく。それではアタシにしてあげられることが何もないではないか。せめて一刻も早くロゼッタちゃんのカラダを取り戻してあげなければ。

日が沈み、アタシはスラッチを連れて家を出る。作戦は立てた。蝙蝠に変身してスラッチを足に掴み、空を羽ばたき再びあの詰所へ。

窓から部屋を覗くと、一つの部屋にはあのやっかいな女剣士。そしてもう一つの部屋にはあの金髪の男が眠っている。確か、ルゥという名で呼ばれていたはずだ。一見したところ、ロゼッタちゃんのカラダは無いようだ。ベッドの下にでも隠しているのだろうか。

スラッチを窓の縁にそっとおく。その軟体な体で窓枠をすり抜け、内側にまわって掛金を食べ始める。さすが優秀な相棒だ。

数分もかからないうちに掛金を食べつくしたスラッチはそのまま室内に。アタシは鍵の開いた窓から小さな蝙蝠の体で侵入する。外部からの邪魔が入らないように部屋のドアのサムターンを回す。

ルゥはそれなりに警戒していたつもりだろうか。白い戦闘用のロングコートを羽織ったままベッドで横になっている。起きてくるとやっかいだ。スラッチを抱えてルゥの上に落とす。広がったスラッチの体がルゥの体にまとわりつく。慌てて飛び起きようとするがすでに遅い。スラッチはすでにルゥの手足の自由を奪い、口にも侵入して声を奪っている。目算通り、ルゥは体力的にはそれほど強いとは言えないようだ。体の線も細いし、武器も銃火器を使っているので不意を突いてしまえばこっちのものだ。

その隙に、ベッドの下を覗いてみる。ロゼッタちゃんのカラダを隠しているとすれば、この部屋にはそこくらいしかない。が、しかし……

「ちょっとアンタ。ロゼッタちゃんのカラダはどこにやったの？」

取り出したナイフを首筋にあて、大声を出さないよう促してからスラッチを口から離す。

「な、なんのことを言っている」

「昨日、ここにあったでしょ。アンタが盗んでいったアタシの友達の体よ」

「盗んでいった？　どういうことだ。俺にはさっぱり意味が……昨日ここにあったって、ローズの首なし死体のことか」

「しらばっくれても無駄よ。アンタ、あの体を卑猥な快楽に使おうとして盗んだんでしょ」

「じょ、冗談じゃない。盗んでなどいないし、まさか俺にだってそんな趣味はない。大体ローズを殺したのは、お前じゃないのか」

「はーん。あくまでもシラを切るつもりね。いいわ、ならその体に直接聞いてあげるから。アタシの拷問に人間のアンタが堪え切れるかしら？」

「な、何をするつもりだ」

「スラッチ、その服。全部食べてもいいわよ」

ルゥの着ている白いロングコートに銀の糸が織り込まれていることは知っている。不用意に触ると吸血姫のアタシは火傷しかねないけれど、布と金属を食料にするスラッチにとってはこの上ないごちそうだ。

ルゥの首筋にナイフをあてがい、抵抗のできないルゥの衣服をスラッチが少しずつ食べて溶かしていく。次第に、ルゥの白い肌があらわになっていく。

「え、嘘でしょ……」

思いもよらぬ光景に戸惑ってしまう。

「アンタ……女、だったのね。どうりで体の線が細くて華奢だと思ったわ……しかも、アタシよりも大きいなんて、ちょっとムカつく」

少しばかりの嫉妬を込めて右の乳房をわしづかみにする。

スラッチに両手を拘束されて身動きのできないルゥが顔をしかめ、体をよじらせて抵抗するが、腰の上に馬乗りになって押さえつける。

不意に目にした白い乳房に走る青白い血管に気づき、背筋がぞわりと興奮した。思い出す昨日の味。人間の女性の血液の、あの芳醇な美味しさを。

アタシは牙を剝き、ルゥの瞳を見つめる。『お前はアタシの餌だ』と暗示をかけるように。胸の谷間に顔を近づける。

「ねえ、知ってる？　汗と血液って、ほとんど同じ成分なのよ」

「な、何をする気だ。や、やめ……」

命の危険を感じての冷や汗なのか、胸の渓谷に沿って珠のような汗が連なっている。言ってしまえばこれは前菜のようなものだ。メインディッシュを始める前のちょっとした前菜。

臍の上に舌を置き、ゆっくりと上へと這わせる。絹のような舌触り。熱を持った汗のしずくはかすかな塩気を帯びているものの、美味いとも何とも言えない。ルゥは死を覚悟したように目を強く瞑る。そうだ。それでいい。お前はアタシの餌なのだから。

脇から両手を入れ、抱きしめるように上半身を起こす。頸動脈を舌先で弄ぶ。ここに牙を立てれば勢いよく血潮が飛び出し、間もなく絶命することだろう。しかしそれではあまりにも無作法な食卓になる。牙を立てるのは、もう少し下の方だ。

首筋と肩の境目。牙を立て、その切っ先がゆっくりと白い肌に沈んでいく。歯先に血潮の熱が感じられるまで入り込むと、そこから血を吸い上げる。吸血姫の犬歯はストロー状になっており、そこから吸い上げることができる。

喉の奥へと入って来る人間の血……

「まっず……」

わずかに血を吸っただけでその牙を抜いてしまう。はっきり言って全然おいしくなんかない。昨日の女剣士の血はあんなに美味しかったというのに、この血のマズさはいったい何ということだろう。

とたんにルゥに興味を失ってしまったアタシは立ち上がり、ルゥを見下ろす。

そうか、そういえばパパに聞いたことがあるのを思い出した。

人間の女の血は、純潔でなければ美味しくない。

「そうか、お前は純潔じゃあないんだな……」

「ジュンケツでなくて何が悪い」

「悪くはないけどね、興味がなくなった。もう、殺しちゃおう……」

ナイフを握り、振り上げる。

首筋に、金属の刃が触れる。

ジュウっと、焦げ臭い煙がアタシの首から立ち昇る。

「お前も、懲りない奴だな。わざわざ自分から捕まりに来るとは」

いつの間にか背後に忍び寄っていた昨日の女剣士がさげすむようにつぶやく。ちゃんと鍵をかけていたはずなのにいつの間に……

ああ、そういえば昨日。この部屋の鍵は蹴破られて壊れていたのだっけ。

「ち、ちがう……アタシはロゼッタちゃんのカラダを取り返しに来ただけ……」

「体を取り返しに来た？」

「昨日のあの首なし死体。本当はロゼッタちゃんのカラダでしょ。その体をそのルゥという男が凌辱するために――」

「男？　どこにいる？」

「――あ」

目の前には、ルゥと名乗る全裸の女が横たわっている。

「それに、どう考えても凌辱している痴女はお前の方なんだがな」

「あ、その――えっと――」

今にして思えばなんでこんなことをしてしまったのだろうか。人間のセックスという行為を汚らわしいとさげすみながら、知らないうちにこんなことをしでかしてしまった。

「ゴ、ゴメン、なさい……その……ルゥのきれいな体見るとなにがなんだかわけがわからなくなっちゃって……いつの間にか理性を失って……」

それは、きっと吸血鬼としての本能のようなものだったのだろうか。それを手に入れたいという欲求が血を騒がせ、理性を失わせてしまう。

「まったく、それにしても俺の体がきれいだとはよく言う」

ルゥがその体を手で覆い隠しながらに照れたように言う。

「でも、それはホントにそう。きれいだと思う……アタシなんかよりもずっと……」

「そ、そんなことは……」

ルゥは頬を赤らめ、あらわになった首筋から胸にかけてあたりまでが紅潮した。

「いや、謙遜することはないぞ。ルゥの体は本当にきれいだ」

「そ、そんな、リンさんまで！」

ルゥの体は全身がピンク色に染まる。案外わかりやすくて素直な娘だ。

「しかしな」とリン。「言っておくが昨日の遺体は間違いなく本物の遺体だ。首の切断面を見ればわかる。はじめからここにデュラハンの体なんてなかったんだよ」

「そんなあ……」

「それにしてもまさか、同じ相手を二日連続で同じように縛るとは思っていなかったぞ。もしかしてお前、学習能力がないのか？」

「なによ、同じようにだなんて言いながら昨日よりもきつく縛ってんじゃない！」

昨日と同じく椅子に縛り付けられてしまったアタシ。かといって今日はもう、変身するだけの力は残っていないし、さっきのマズい不純な血を飲んだところで、変身能力を使えるようには回復していないようだ。リンと名乗る女剣士も昨日のことを警戒しているから隙をついて噛みつくというのはどうにも無理そうだ。

「また逃げられんようにしないとならないからな。とはいえ、蝙蝠に変身されたらいくら縛っていても無駄かもしれんが」

「しない。しないって。それにもう疲れちゃって今日は変身できそうにないからっ。もう、逃げないからもう少し優しく縛ってよお」

「それで、はいそうですかというわけないだろう。それにしても……金属と布だけを食べるスライムとはな……これを使って昨日も侵入したのか？」

「そんなわけないでしょ！　スラッチは餌として布を食べるんだ。食べたものを元に戻せるわけないでしょ。なら、昨日の時点で鍵はなくなっていたはず」

「わかっているさ。一応確認のために聞いてみただけだ」

「じゃあ、べつにアタシが犯人って証拠があるわけでもないでしょ」

「だがどうであれ、今のお前の立場はあまりにも悪い。正直にすべてを言わなければどのみち処刑は免れん。自分は、正直に言えばラヴィアが犯人だとは考えていない。話せ、ここに何をしに来た」

「……」

「父上も、随分と心配しておられた」

「あったの？　パパに？」

「ラヴィア・フォン・ブラムストーカー。君が処刑されるようなことがあれば、父上も無事では済まされまい」

「な、なんでよ！　パパはカンケーないじゃない。アタシは家を追い出されたんだから、もう無関係でしょ」

「法的には無関係だ。ラヴィアだって成人している。だが、それを理由にブラム伯爵の失脚を願うものがいてもおかしくはない、ということだ。つまり君は、その何者かによって利用されている可能性がある」

「それが何だっていうのよ」

「昨日の事件以来、我が特務隊の一名が首を切断され死亡した」

「犯人はアタシじゃない」

「まあ、そう話を急ぐな。特務隊の一名は首を切られ死亡したのだが、もう一名は行方不明になっている。事件直後、我々はその者が生きて歩いているところを目撃(もくげき)している。

昨日の時点では、ラヴィアに襲(おそ)われ、その場から逃げ出しているように思っていたのだが、それはもしかすると、その者こそが犯人で、現場から逃走(とうそう)している最中だったのではないかと考えている。

犯人はラヴィアを現場に呼び寄せ、あたかも犯人と思わせるように仕組んだうえで現場から逃走した。

その逃走した我ら特務隊のメンバーが、実は魔族(まぞく)と通じているもの。あるいは魔族が人間のふりをしていたのではないかとも考えているのだ」

不意にロゼッタちゃんのことが頭をよぎる。確かにアタシはロゼッタちゃんの手紙を受け取り、彼女に会いに行った。そしてこの場所に、体を取り返しに来たのだ。そしたら事件に巻き込まれて……

あまり考えたくはない。だけど、ロゼッタちゃんが長い間パパのもとで騎士(きし)団長をしていて、その時に恨(うら)みを持って騎士団長を退任したということは考えられなくもない。

「無論、ルゥに凌辱的行為を働き、あまつさえその手にかけようとした事実は揺(ゆ)るがない。

しかし、それに関してはこの詰所の中だけで処理できる問題で、条件次第ではどうとでももみ消すことができる事件だ。よって、真犯人が別にいることさえ証明できれば、ラヴィア自身とブラム伯爵については守ることができると自分は考えている」

「どういうこと？」

「いいかい、ラヴィア。おそらく君はそのロゼッタというデュラハンに騙されていたんだよ。彼女はおそらくその正体を隠し、我々の仲間に紛れ込んだ。そしてローズを殺害し、その犯人として君を差し出したんだよ。目的は、ブラム伯爵を失脚させるためにね。だから、父上の嫌疑を晴らすためにも協力してほしい」

「アタシに、何を求めているの？」

——そんなことは聞かなくってもわかることだ。アタシに、ロゼッタちゃんを売れと言っているのだ。

だけど、おそらく現場から逃走したという特務隊の一人とは昨日顔を合わせている。虚ろな青い目、栗色の髪、赤いスカーフ、白のロングコート。あれはどこからどう見たってロゼッタちゃんであるわけがない。

「司法取引というやつだ。それに、ラヴィアが話すことでロゼッタに嫌疑がかけられたとしても、その者が無実であればそれで構わない。しかし、有罪ならばラヴィアがその者を守る理由はないはずだ。それに、もし野放しにすれば、また二の矢、三の矢を放ち、ブラム伯爵を陥(おとしい)れようとするかもしれない。それでもいいのか？

あるいは、家を追放した父のことなどはどうでもよいか？　魔族とは、薄情(はくじょう)な生き物だな」

「あ、アタシは！」

思わず感情的になって言い返してしまった。人間ごときに魔族が悪く言われるのは我慢(がまん)ならない。一方的に侵略行為(しんりゃくこうい)をして、魔族の社会を蹂躙(じゅうりん)して強制的に支配しているのは人間の方じゃないか、そんな人間に薄情などと言われる筋合いはない。気が付けば頬を一筋の涙(なみだ)が伝っていた。

「話してくれるな。何があったのか」


アタシはこれまでのことをリンに話すことにした。昨日会ったレイチェルという現場から逃げ出した特務隊員はロゼッタちゃんなんかじゃない。だからロゼッタちゃんが無実であるならば咎(とが)めるようなことは絶対ないという言葉を信じた。

しかし、リンたちの話を聞けば疑いの目を向けるのも仕方なく思えてくる。

「おかしいとは思わないか？　ラヴィアが訪れた時にそのロゼッタは胴体を奪われたと言っていたのだろう？　しかも、そのまましばらくの時間が経っているという話だ。それなのに暖炉に火が入っているのはどういうわけだ？　翌日に帰った時にも暖炉に火が入っていたと言っていたな。しかも留守だったと。

　確かに頭部だけでも転がりながら移動することくらいはできるかもしれないが、さすがに暖炉に薪を入れ続けるというのは無理があるだろう。おそらくロゼッタの胴体は、ラヴィアの目のつかないところに隠してあっただけに過ぎない」

　確かにそういわれればそうなのかもしれない。それに、アタシが見たあの首なしの胴体は確かにロゼッタちゃんのカラダなんかではなく、本当に人間の首なし死体だった。

　すぐ近くの霊廟に安置されている棺の中の遺体も実際に確認させてもらった。

　そもそもルゥは女であって、その体を汚らわしいことに使おうとしているということにも無理がある。ロゼッタちゃんは、ルゥが男だと思い込んでいたのか、あるいは単に別の人物が犯人なのか。

「それにしても、そのロゼッタという元騎士団長。デュラハンだというのは興味深いな。だとすればおそらく……我々も会ったことのある人間だろうな」

「我々もって、俺もですか？」

「ああ。デュラハンとはいえ、結局見た目は人間の女性とそう変わりがあるものではない。違いがあるとすれば首と胴体が切り離されているくらいだろう」

「決定的な違いじゃないですか」

「そうかな？　首なし胴体の上に、切り離された首を乗せて固定すれば人間と見分けは付かないんじゃないのかな？」

「なるほど……つまり犯人は……」

「だが、そうであるならばもう一つ、浮き彫りになった事実がある」

「なんですか？」

「そいつは今まで、ルゥのことを男だと思い込んでいたということだ」

「――ああ。確かにそれはそうですね」

「まったくだ。ラヴィアに胴体を盗んだのは白いコートを着た男だと証言していたんだからな」

「あいつめ……」

「こんなきれいな体をした女性に向かって、よくそんなことが言えたものだ」

「え、あ、また……言わないでくださいよ」

「なら、さっさと服を着ろ。いつまで全裸でいるつもりだ？」

「え、ああ……すいません」

ルゥは慌てて服を着る。隊服以外の私服も相変わらず男っぽいものを着用していた。

「よし、ラヴィア。今からそのロゼッタのもとに向かうぞ。ルゥ、縄をほどいてやれ」

「え、大丈夫っすか。何なら縛ったまま連れて行った方が安全なんじゃ……」

「ラヴィアは犯人ではないよ。それに、自分は不意を突かれてもやられるようなことはない」

「あ、いや……面目ないです」

ルゥはアタシにまんまとやられたことを恥じている。少しかわいそうなのでフォローを入れてやることにした。

「なによ。そうやってリンは偉ぶってるけどさ。昨日は隙をつかれ、まんまとアタシに噛まれちゃったわよね」

「……そう、だったな」

「謝ったほうがいいと思うな。アタシは」

「……すまない」

「よしよし。ごめんなさい、言えたねえ」

「あ、いや、そんなもったいない。リンさんは全然悪くないっす。あれは自分が悪いだけで……つか、ラヴィアも調子に乗るなよ。俺はまだ、お前を信用したわけじゃない」

「いいわよ別に、アンタなんかに信用されたいなんてはなっから思ってないし」

「な、なんだと！」

「もういい。そんなことよりもすぐに準備しろ。すぐにロゼッタのもとに向かうぞ」

「え、今から？　いやいやいやそんなのムリムリ」

「断る権利などあると思うのか？　ことは一刻を争う」

「だってさあ、アタシ正直言ってもう一歩もあるけないもん」

「歩けなければ蝙蝠に変身して飛べばいい」

「それこそ無理だって。昨日はちょっと美味しい血を飲んだおかげで少し力が出ただけでさ。アタシはマジで親からも見捨てられるほどのよわよわ吸血姫なのよ。もう、日も昇っちゃったし、歩けと言われてもさすがに無理。ロゼッタちゃんの家、結構遠いんだよ」

うなだれたアタシの言葉にルゥは怒って言い返す。

「昨日リンさんの血を吸ったって、ほんのちょっとだったろ。さっき俺の血はそれなりに吸ったはずだ。それなのに力が出ないなんて通じると思っているのか」

「だってさ。アンタの血はクソマズいじゃん。純潔の血とそうでない血とじゃあまるで効果が違うの！」

「ジュ、ジュンケツじゃないとか、リンさんの前で言うんじゃない！」

「へー、それ、秘密だったんだー。あーそういえばアンタ、リンのことが好きだったのよね」

「リンさんの名前を気安く呼ぶんじゃない！」

「もういい。くだらない喧嘩はやめろ」リンが制止する。「ラヴィア。要するに純潔の血なら少し吸うだけで力が出ると、そういうことだな」

「まあ、そういうことね」

「ならば……」

リンは身に着けている着流しの肩をずらし、その白磁のような肌をあらわにする。それ以上ずれないようにと胸の前で腕を組み、そのせいで寄せられた谷間が強調される。意外としっかりとした肩幅の中央の鎖骨付近の凹凸は滑らかかつ血色もいい。白い肌の下を流れる血流がほんのりとピンク色に染まるその光景に、昨日味わったほんのわずかな血液の味が脳内にフラッシュバックする。

即座に理性を失いそうなその衝動に、自分が確かに魔族であることを痛感する。

「──少しだけなら吸わせてやる。それでいいな」

「リ、リンさん！　何を言ってるんすか！　相手は吸血姫ですよ！」

「ちょ、ちょっとルゥ。アンタ何余計なこと言ってくれちゃってんの！　今、リンがアタシに血を飲ませてくれそうな流れになっていたっていうのに、いいカンジの流れぶった切らないでよね！」

「吸血鬼に血を吸われることがどれだけ危険なことか考えないんですか！」

「別に吸血姫に血を吸われたからと言ってこちらも吸血姫になるということは迷信に過ぎない。あれは、吸われる側に従属する意思がなければ眷属化しないということがわかっている。それに、先ほどルゥも吸われたが特に問題なさそうではないか。それとも何か？　わたしがそれほど意志が弱いとでも？」

「だからと言って、そんなこと！」

「自分はそれなりに血気盛んでな。少しくらい血を吸われたからと言って貧血になるほどやわな体ではない」

「そう言うことを言っているんじゃないです。それに、そもそも吸血鬼が人間の血を吸うことは禁じられているはずです」

「その法律は確か、吸血鬼が人を襲って血を吸うことを禁じているだけだ。ならば、自分で許可するなら法には触れないだろ。少し血を分けてやるだけですぐに歩けるようになるというのならば、これほど効率のいい方法もない」

「し、しかしですね！　も、もし、そのことで味を占めたラヴィアが、今後また血を飲みたいがために人を襲うようにならないとも限りません！」

「ふむ、確かにそれもそうだな」

「ちょっとまってよ！　アタシの血、アタシの血！」

「お前の血じゃない！　リンさんの血だ！」

「そうか、いい方法があるぞ。ラヴィア。君は吸血鬼ということは上級魔族ということだな」

「えへ、まあ、そういうことにはなるかな。落ちこぼれだけど」

「落ちこぼれだとかそういうことはどうでもいい。上級魔族であるならば、人間と契約できるはずだ」

「まあ、契約なら、できなくはないけど……一応、やり方だってパパから教えてもらってるし？」

「なら話が早い。わたしと契約しろ」

「どんな？」

「定期的に血を与えてやる。そのかわり、わたし以外の人間の血を決して飲まないという契約だ」

「えっと……それは……いいの？　それってアタシがリンの血を定期的に飲んでいいってことだよね？　元々人間の血を飲むことなんて、今の法律じゃ到底できないわけだし、それってアタシにデメリットなくない？」

「そう考えるなら結構だ。こちらとしても、ラヴィアが人の血欲しさに他人を襲うかもしれないという不安がなくて済む。こちらとしてもメリットがある」

「じゃあ決まりだね。するする！　アタシと契約しよう！」

「ちょっとまってください。そんな簡単に決めていいことでは！」

「そうか？　これが最も効率のいい方法だと思うがな。我々は一刻も早く、ロゼッタのもとに向かう必要がある。これが、おそらく最善の方法だ」

話し合いの決着はついたようだ。何はともあれ、アタシにとってはまたとないチャンスだ。早くリンの血が飲みたくてうずうずしてしまう。そのためにはまず契約だ。

人間と魔族の契約の方法はいたって簡単だ。互いの左手の薬指の爪先を合わせ、誓いの言葉を交わす。ただ、それだけだ。

　互いに差し出した指先の爪と爪を突き合わせ、アタシが契約の誓いを告げる。

「我、ここに契約の言葉を交わさん。汝の血を我に与え続けることを条件に、我は他者の血を決して口にしないことをここに誓おう。われの名は、ラヴィア・フォン・ルベルストーカー」

「われの名は、リン・アルバス・ルクス」

　契約はかわされ、互いの薬指の爪先が薄い紫色に染まる。

「うん。ちゃんとできた。これでばっちり！　ねえ、そういうことでさ！」

「ああ、わかっている」

　リンははだけた胸元を組んだ腕で覆い、アタシが血を吸いやすいようにと椅子に腰かける。それをアタシが後ろから抱きしめるように覆いかぶさる。

　彼女の首の前で両手を交差させ、その滑らかな素肌を伝うように滑らせ、組んだ腕と乳房の間に添える。

　首筋の後ろから頭を前に出し、そのきれいな鎖骨のくぼみに舌を這わせる。

「ま、待て、これは……必要なことなのか？　ち、血を、吸うだけでは……」

「せっかくのごちそうなんだから、これはいわゆる前菜なの。くすぐったいかもしれない

けど、すぐに終わるから」

リンは真面目そうに見えて意外と敏感なのだ。アタシの舌先が随分とくすぐったいらしく、時折ぶるっと震えて白磁のような肌が粟立つ。それがちょっとだけかわいらしくって必要以上に首筋を舐める。

次第にリンの息遣いが荒くなり、皮膚が熱っぽくなる。

「はあ、はあ、も、もう、い、いいだろう……は、早く血を吸え……はうぅぅ」

本当はもっとじらしたい気持ちもあるけれど、さすがにこれ以上は怒られそうだし、へそを曲げられて今日はナシだなんて言われても困る。

肩と首筋の境に牙を立て、ゆっくりと、深く挿れる。火照ったリンの血液が温かいのを神経の研ぎ澄まされた牙の先端で感じる。

喉の奥へと入って来る彼女の温かい血液。とろけるように甘美でなめらか。それは紛れもない純潔だった。


「リンさん、そろそろ出発しましょう」

吸血を終えるや否やルゥのやつがアタシを引きはがしながら言う。少し乱れた衣服を直しながら、何事もなかったように立ち上がるリンが答える。

「ロゼッタのところへは自分とラヴィアのふたりだけで行く。ルゥは取り急ぎこのことを警備隊本部のサラ隊長のもとへ報告に行ってくれ」

「え、そんな。俺も行きますよ」

「わたしのことがそんなに信頼(しんらい)できないか？」

「そう言うことではなく！」

「これは、極めて大事な任務だ。ルゥにしか任せられない」

「……わかりました」

「頼(たの)んだぞ」


邪魔(じゃま)なルゥがいなくなり、ロゼッタちゃんのところへはアタシとリンのふたりだけで行くことになった。これってもしかしてリンはアタシのことを信頼してくれているってことだろうか？

うん、そうだよね。だって契約だってかわしたし、言ってしまえばアタシとリンはバディということになる。

ロゼッタちゃんの家は町のはずれにあるから歩いていくにしてもしばらくかかる。道中無言で歩き続けていても退屈なので、これを機に少しだけ提案してみた。

「ねえ、リン」

「なんだ？」

「アタシのことはラヴィって呼んで？」

「ラヴィ？」

「仲のいい友達なんかはみんなそう呼ぶのよ。だってそのほうが呼びやすいでしょ」

「まあ、そうだな、ラヴィ。確かにそのほうが短くて呼ぶには効率がいい」

「じゃあ、アタシはリンのこと、なんて呼ぼうか？」

「いや、『リン』より短くするのは難しいな。そのまんまでいいんじゃないのか？」

「うーん、でもなんか特別感ないな」

「ならば好きなように呼べばいいが、そもそも特別である必要もないだろ。契約も結んでいるわけだし、呼び方なんてどうであっても互いに特別な存在であることには変わりない」

「えへへ。確かにそーだね」

「ん、なんだ？　やけに嬉しそうだな」

「んっんー。べっつに？」

「なら、かまわんが……」

ロゼッタちゃんの家に到着。アタシがいつものようにドアを開けようとするとリンは制止した。

「ロゼッタは一応容疑者だ。少し、警戒したほうがいい」

「大丈夫だよ。ロゼッタちゃんはそんな子じゃないから。きっと会って話をすれば疑いは晴れるはずだから」

アタシはドアを開ける。相変わらず鍵はかかっていない。中を覗くと明かりが消えていて薄暗い。窓ひとつない丸太小屋だから昼といえども光はほとんど入ってこない。暖炉の火も消えていて室内は冷えている。

室内に光を取り込むために入り口のドアを開けたまま前へと歩き出すリン。

吸血姫なのに暗闇で目の利かない落ちこぼれのアタシは薄暗い中を颯爽と歩くリンの一歩後ろをついて行く。

暖炉の前のテーブルの上に、長い髪の首がのっかっているのが見えた。

リンはその生首を見るなり「レイチェル……」とつぶやいた。

レイチェルとはリンとルゥの同じ隊の仲間だった人の名だ。アタシが行ったときに遭遇した首なし死体のローズと合わせて四人が本来のメンバー。確かあの事件の夜。雪道の中を一人走り去っていったとリンが言っていたはずだけど……

　つまりはリンたちの仲間の一人、レイチェルの正体は……

「ロゼッタちゃん、これは一体どういうこと！」

　言いながら、テーブルの上の頭部に近づいてわかったこと。それは……

「ロゼッタちゃんじゃない……」

　栗色の髪に虚ろな青い目。ロゼッタちゃんの髪はブロンドでもっと長い。血の気の引いた青白い顔色はあの時アタシが部屋にいた現場を目撃して逃走したレイチェルという名の人間だ。頭部の置かれたテーブルとの隙間には赤黒い血がべっとりとこびりついている。

　これは、デュラハンの首なんかではない。明らかに、死んだ人間の生首だ。

　現場から逃げ出したはずのリンの仲間だったレイチェル。彼女が殺され、その生首がなぜこんなところにあるのだろうか。つまりロゼッタちゃんは……

――ゴトリ。と、入り口のドアの方から物音が聞こえた。

　振り返りざま、外にいた何者かによって閉じられるドア。小屋の中に暗闇が訪れる。

　リンは慌てて入り口に体当たりする。が、完全に閉じられてしまったドアはびくともしない。外側から閂がかけられたらしく、閉じ込められてしまったことを悟る。

「スラッチ、お願い」

連れてきたスラッチをドアの隙間から通らせるが、どうやら閂は丸太を削ったもので作られているらしく、布と金属を食べるスラッチでもどうにもならない。

時間が経つにつれて暗闇に目が慣れてはきたが、ここに閉じ込めた何者かが敵対意識を持っているものと考えるならばじっとしているわけにもいかない。

「ラヴィ。今、蝙蝠にはなれるのか？」

リンが暖炉を指さしながら言った。〝ラヴィ〟と呼ばれたことに弾む思いもあるが今はそんなことを言っている場合ではない。

「うん。血を貰ったからできると思う」

「ならば、お前だけでもあそこから逃げるんだ」

「そうか、アタシが外に出て、閂をはずせば！」

ふたりで再び暖炉のほうへと向かう。火は消えて時間は経っているだろうから、狭い煙突を通っても大丈夫だろう。少しくらい煤にまみれたところで大した問題ではない。

暖炉に近づき、中から煙突先端を覗こうとした時、突然そこに火のついたたいまつが落ちてきた。暖炉の薪の中に落ちたたいまつはその場で紅い焔を灯し、小屋全体が明るくなった。続けて、二個目、三個目のたいまつが投下される。これはいったい？

リンがアタシの肩をつかんで後ろへと投げ飛ばす。

「ラヴィ！　逃げろ！」

「えっ！」

驚きながら壁にぶつかって倒れこんだアタシが「イテテテ」と腰をさすりながら前を向いた時、暖炉のたいまつから大きな焔が舞い上がる。

どうやら、煙突の先から灯油が流し込まれたらしい。暖炉の周りが一瞬にして炎に包まれ、テーブルの上にあったレイチェルの頭部の栗色の髪に引火して激しく燃え上がる。

人間の髪の毛と皮膚の焼ける匂いが部屋中に充満する。

怯んでいる暇はない。アタシ達の閉じ込められている小屋は炎に包まれ逃げ場はない。

それどころか窓ひとつないこの小屋の中では焔にまかれてしまうより、充満した煙で窒息してしまうほうが早いだろう。

リンは口元を覆い隠しながら必死で壁に体当たりをするが、意外にも丸太で組まれたこの小屋の強度はしっかりとしたもので、ドアひとつ破ることができない。しばらくはもがくものの、吸いこんだ煙のせいで意識が朦朧となるリンは次第に力を失い壁にへたり込むように倒れてしまう。激しく動いてしまったがためにアタシよりも先に呼吸困難で力尽きてしまう。

だからと言って、アタシにこの状況を打破するような力など残ってはいない。薄れ行く意識の中で、アタシは遠くに響く狼の遠吠えを聞いた。

確かこの森の伝説に聞いたことがある。黄金の毛を持つ狼。『狗神』と呼ばれる神様の話。もう、はるか昔の話でその姿を見たものもいないとされているが、アタシは確かに見たのだ。

頑丈な丸太のドアを外側からうち破り、差し込む外の光とともに現れた、大きな金色の毛を持つ狼の姿。アタシ達の姿を見るなり、気高く雄々しい遠吠えを上げたその姿を。

意識を取り戻した時、目の前にはリンがいた。その白い着流しを煤で真っ黒に汚した状態で、雪の積もった森の小さな木の洞に倒れていたアタシの姿をのぞき込んでいた。スラッチも無事のようだ。

「こ、ここは？」

「わからない。気が付いた時にはここにいた。あの小屋の中で、炎に包まれたことは憶えているのだが……まさか、ここが天国ということではあるまい」

「ああ、狗神様だ」

「イヌガミ様？」

「アタシ達を、助けてくれたんだよ。狗神様が……」

意識を取り戻し、少し歩きまわってわかった。そこはロゼッタの小屋からそう遠く離れていない場所だった。

きっと狗神様がアタシ達を助け出し、ここまで連れてきてくれたことは間違いない。

アタシ達はひとまず町まで帰ることにした。

ここに来てはっきりしたこと。それは、やっぱりアタシはロゼッタにいいように利用されていたのだということ。

そしておそらくその目的というのは、アタシの命を狙うことにあったのだと思う。


ようやく詰所まで帰り、アタシ達を迎えてくれたのはルゥだけではなかった。五、六人の衛兵とそれを指揮しているであろう中年の女性だ。黒い髪、黒い瞳で高圧的な態度。白い、つややかな生地のいかにも高級そうな法衣を身に着けている。

「リン、ご苦労だったな、首尾はどうだ？」

アタシのことはまるで無視してリンに話しかける。

「サラ隊長。わざわざこんなところまでお越しいただかなくても、後程報告書のほうをお持ちします」

「いや、その件なら結構。ひとまずは一件落着だ」

サラ隊長と呼ばれたその人が周りの衛兵に目配せをすると、衛兵たちは素早く一斉にアタシの周りを囲んだ。

「これは、どういうことですか？」

「ラヴィア・フォン・ルベルストーカー。貴様を特務隊、レイチェル及びローズの殺害容疑で逮捕する」

「えっ、ちょっと待ってよ」

リンがアタシの前に立ち、かばうように言葉を添える。

「あいにくですがサラ隊長。ラヴィは本件の犯人ではありません」

「ルゥから一通りの報告は聞いたぞ。どう考えても、その魔族が犯人だとしか思えん」

「ほう、それは……いかなる理由でそう結論なさったのですか。隊長は『どう考えても』とおっしゃいましたが、それは単に考えがいたらないだけなのではないでしょうか」

「言ってくれるな。いかなる理由だと？　報告書によれば事件当日の夜、ローズの遺体とともにその魔族が密室となった現場にいて、捕縛したにもかかわらず危害を加え逃走。にもかかわらず翌日に再び襲撃をかけてきたそうではないか。それ以上に理由が必要か？

事件現場は密室だったのだ。中にいたのはラヴィアだけだ。逃げ道はない」

「そうです、隊長。事件現場は密室だったんです。中にはラヴィしかいない。つまりラヴィは、犯人によって密室に閉じ込められたんですよ。勝手口の裏手には中から出られないようにわざわざ細工をしていました。そう短時間でできる作業ではないにもかかわらず、それをしてあったということは、事前に誰かが準備をしていたということです。

　それに犯行時、我々が詰所に到着したとき、玄関には鍵がかかっていたのです。わかりますか？　誰かが鍵をかけたからですよ」

「それは、ラヴィア本人だろう？　内側から施錠したんじゃないか」

「もし、ラヴィが犯人であれば、唯一の逃げ道であった玄関の鍵をかけるでしょうか？素早くそのドアから逃げるのが普通です。それにラヴィは吸血姫と言えど、蝙蝠に変身する能力がありません。ですので玄関に鍵をかけ、寝室の小さな窓から逃げるということも出来ないのです。

　つまり、ラヴィは犯人に仕立て上げられるために、外から鍵をかけて閉じ込められたのですよ。では、誰が鍵をかけたのか？」

「外から鍵をかけるには鍵を持っていなければならないだろうね。鍵は、詰所の隊員しか持っていない」

「そうです。鍵は二本。一本は自分が持っており、もう一本はローズが管理していた。ローズが殺されたというのであれば、犯人は他に考えられません。

わたし達の目の前を走り去る前に、詰所の玄関に外側から鍵をかけ、走り去ったのです」

「レイチェルなら遺体が発見されたよ。町はずれの小屋で今朝、火災があった。その焼け跡からレイチェルの頭部とみられる遺体が発見された。その小屋には、そこにいるラヴィアが出入りしているところを見たという証言も上がっている。ラヴィアがレイチェルを殺害して火をつけたということは明白だ」

「それに関してはあり得ません。その火災の現場には自分も居合わせました。後程報告書の方は出そうと考えていたのですが……手間は省けたようですね。あの火災ではわたしとラヴィも被害者なのです。真犯人は、わたし達もまとめて殺して口封じでもしようとしていたのでしょう。しかし、運よくわたし達は逃げだすことができた」

「運よく、ね。それはその魔族が初めから逃げられるように手配していただけではないのか？　自分を、容疑者から外させるために。リン。君の方こそその魔族に騙されているのだよ」

「そうでしょうか？　そもそもラヴィにはそのような奸計を働かせられるほどの器用さはありませんよ。それにわたしにはラヴィが犯行に及ぶ動機が分かりません」

「動機なら簡単だ。ラヴィアとブラム伯爵は吸血鬼だ。結成された特務隊は対吸血鬼専門のチーム。ならば身の危険を感じた伯爵は奇襲をかけてこれを打ち倒すことを計画することに何ら疑問はない」

「しかしそれならば、ブラム伯爵が自ら行えばよいことなのでは？」

「伯爵とわたしは契約を交わしていてな」

「それならば知っております。互いに傷つけあうことができないというのでしょう？

でもそれは、サラ隊長に関してです。我々特務隊には関係のない事。でないとブラム伯爵に対抗するために結成された我々も意味がないことになります。

それに、ブラム伯爵自らがやらないにしても、彼には優秀な部下もいることでしょう。

何も落ちこぼれとレッテルを貼られたラヴィに任せるというのはあまりに粗末な計画だ。

これはどう考えても、真犯人がラヴィにその罪を擦り付けるために計画された罠なのです。サラ隊長ともあろう方が、それがわかりませんか？」

真犯人がどのような方法を使ってラヴィを陥れ、

真犯人がどのような方法で現場から姿を消したのか、

わたしにはもう、全部わかっています。

そして、それが誰であるのかもね

――これを、読者への挑戦状とするにはあまりにも大げさかもしれない。

が、しかし。もし時間と気持ちに余裕があるのならば、ここでいったん立ち止まって犯人を推理してみるのもいいだろう。

ここまでの物語で、その真実にたどり着くためのすべての鍵は描かれている。


誰が、どうやってラヴィを陥れ、どうやって現場を立ち去ったのか？


もちろん、そんな推理はリンにすべて任せてこのままページをめくるのもいい。

次のページには、その答えに近づく重大なヒントが記されている。

「おそらく犯人は、ロゼッタという名のデュラハンで間違いないでしょう。ロゼッタはブラム伯爵の元騎士団長であり、ラヴィとも旧知の仲でした。ロゼッタはラヴィを自分の小屋に誘い出し、首だけの状態で対面した。胴体を人間に奪われたと言い、ラヴィがそれを取り戻すように促したのです。ロゼッタはラヴィがここへたどり着くように誘導的な発言をしていました。さも、その犯人がルゥであるかのように思わせ、念押しに分からなければここに訪ねてくるようにとまで言いました。ロゼッタはそのころあいを見計らい犯行に及び、現場から逃走。犯行をラヴィに擦り付けようとしたのです」

「しかしな。そのロゼッタというやつはどこにいる？　それはその魔族が身を護るために吐いた虚言かもしれない。大体リン。君だってロゼッタには会ったことがないのだろう？」

「いえ、自分はロゼッタとは会ったことがあります。ルゥだって、サラ隊長だって会ったことがありますよ。残念ながら逃げられてしまいましたが、それが誰であるのかは考えればわかるはずです。本件に関連した人物の中で、姿を消した人物がいるでしょう？　つまりそいつが、デュラハンであるロゼッタと同一人物だということです。

我々の誰もがその人物がデュラハンだとは知らずに接していた。ラヴィもまた、その人物と直接顔を突き合わせたことがないから、同一人物だと気づかなかったのです。

犯人がデュラハンだということがわかれば、その人物がどうやってこの場を離れたのかが想像できるはずです。何しろデュラハンは胴体と頭部が離れたままで生きていることができるのですから。小さな頭部だけなら、あの小さな窓からだって逃げることができるでしょう」

「しかしな、頭だけが逃げることができたところで、胴体の方はどうする？　まさか、その時に現場にあったローズの首なし死体がデュラハンの胴体だとでもいうつもりか？　君だって見たのだろう？　あれは間違いなく頭部を切断された人間の死体の一部だったはずだ。それにその胴体は霊廟に安置されている」

「もちろんそうです。ラヴィもはじめは、それをロゼッタの胴体だと思い込んでいたようですが……無理もないですね。ラヴィはデュラハンの胴体だけがそこに存在する可能性を知っていたのですからね。

　だけど、我々は違う。そこにあった首なし死体がデュラハンである可能性など考えていなかったから、首なし死体だとすぐにわかった。しかし、同様にカモフラージュされたことにより、デュラハンが目の前を通り過ぎたことに気づかなかったのです」

「何を言っているのだ。デュラハンの首なし胴体が目の前を通れば、それは誰だってわかるだろう」

「よくよく考えればわかるはずでした。しかし、それにすぐ気づかなかったのは、デュラハンの胴体にはちゃんと首がついていたから、いや、正確に言うなら首がのっかっていたために、それをデュラハンの胴体だと思わなかったんです」

「ああっ、そう、そういうことだったのね……」

アタシは思わず声を上げた。確かにアタシはあの時、目の前を逃げ去っていくロゼッタちゃんの胴体を見ていたのだ。

「そうです……」リンは確信を込めたように言った。「犯人は――」

「犯人は、ローズです」

「待て、ローズは死んでいる……君だってあの首なし死体は見ただろう」

「いえ、むしろ首なし死体を、なぜローズだと言い切れるのでしょうか？」

「それは、あの死体が身に着けていたものはローズのものだし、そ、それにレイチェルは詰所から走って逃げて行くところを目撃されている。つまり、あの事件の当時に生きていたという証拠だ」

「いえ、そもそもの間違いは、目の前をレイチェルが走り去っていく姿を見てしまっていたがために、その首なし死体がローズのものだと思い込んでしまったことです。自分は、犯人は特務隊員だと、あえて濁した言い方をしました。

それはなぜかと言えば、現場に残されていた遺体がローズ、現場から逃走したのがレイチェルだとは限らないからなのです」

「思い込む、だと？　首なし死体がローズの体以外に可能性などあるのか？」

「自分は、あの時首なし死体の胸を触ってみました。死後硬直はまだ始まっておらず、とても柔らかい乳房でした」

「お前、変態なのか？」

「そういうことではありません。もし、遺体がローズのものであるならば、その乳房がそれほど柔らかいわけがないのですよ。ローズはあれだけの大剣を片手で振り回すほどの剣豪。

乳房があるとはいえ、その下の胸筋はそれなりのもののはずです。根元から乳房を触ってみれば簡単にわかることですが、あれは、剣豪の胸筋とは到底思えませんでした。あれはおそらく、剣士ではない、聖職者のレイチェルの胴体だったのだと考えます。

自分たちはなまじレイチェルの首が目の前を走り去るところを目撃してしまったために、それがレイチェル自身だと思い込んでしまったわけで、デュラハンの存在を意識していなかったために、それをデュラハンの胴体だと考えることがなかったのです。

我々は確かに見ていた。デュラハンの胴体が生きたまま走り去っていく姿を、ラヴィもまた、同様に見ていたが、倒れていた首なし死体がロゼッタの胴体だと思い込んでしまっていたから、去っていく胴体がロゼッタの胴体であることに気づかなかったんです。

あの時に見たレイチェルの正体はローズです。いや、デュラハンのロゼッタと言ったほうが正しいかもしれませんね。もっと正確に言うならばロゼッタの首から下の胴体。その首の上に、殺されたレイチェルの生首を載せて、スカーフで固定していたのでしょう。スカーフが赤いせいであることと、夜の暗がりのせいで、生首から滴る流血が見えにくくなってしまっていました。だが白い積雪の上に滴る血痕までは隠せなかった。レイチェルの顔色が蒼白だったのもすでに死んでいただけだと考えれば合点もいく。ローズ、いや、ロゼッタは得意の大剣で仲間だと油断していたレイチェルの首を一刀両断。その後ローズ自身とレイチェルの衣装を取り換えたのです。そして自分の首を窓から外に逃がした。その首は切断された生首ではないから雪の上に血痕が残ることもなかったのです。

ロゼッタは胴体の上に切り落としたレイチェルの生首を乗せてスカーフで固定してトイレに隠れたのです。ラヴィが部屋に入り、レイチェルの首から下の胴体を発見し、ロゼッタのものかを確認しようとしたところにわざと顔を出し、あたかもレイチェルが生きたまま逃げだしたように見せかけたのです。

そしてそのまま外へ逃げ、外側から鍵をかける。さらに自分たちの前を通り過ぎることによって帰宅しようとしている自分とルゥにも、その時点でレイチェルが生きており、その部屋の首なし死体がローズのものだと自分たちに思い込ませた。

建物の裏口に廻ったロゼッタは本来の自分の首を回収し、あの小屋へ戻った。

ロゼッタはおそらくラヴィが犯人として逮捕されるものだと考えていたのでしょう。しかしうまく逃げおおせたラヴィが小屋に帰ってきてしまったためにレイチェルの生首と自分の胴体をどこか森の雪の中にでも隠し、再びラヴィが捕まるように仕向けた。しかしこれもまた失敗。ラヴィはその小屋へわたしを連れて行くことになった。

小屋のテーブルの上に持ち帰ったレイチェルの生首を置き、注意を惹かせたロゼッタは自分たちを閉じ込め、そのまま小屋に火をつけて謀殺しようとした。

だが、残念なことに結果はこの通りだ。ロゼッタはおそらくこのままどこかに身を隠すことになるでしょう。出てくれれば、それがローズと同一人物であることが露見する。

少なくとも、これでラヴィが犯人ではないということはわかってもらえましたか？」

「しかしな、だからと言ってラヴィアを捨てておくわけにはいかん。ロゼッタが犯人であるとして、ならばその狙いはラヴィアにある可能性がある。ならば身の安全を考えて警備本部で身柄を預かっておくほうがいいだろう。

それにな、ラヴィアが人の血を吸うために襲った事実もある。もちろん、被害者である君たちが糾弾しないというのであればそれ自体は罪ではないかもしれないが、そのことで味を占め、別の人間を襲うという可能性だってあるのだ。ラヴィアの身柄は引き渡してもらおう」

「お言葉ですがサラ隊長。その点においては全くの杞憂です。現在犯人が危害を与えたのは我が特務隊のメンバーとラヴィです。ならばラヴィが特務隊である我々と一緒にいることで、引き続き狙われるとしても場所が特定しやすくなるため、本部で預かるよりはこの詰所に置いた方が相手をおびき出すためにも有効です。それに、ラヴィが今後人を襲うという可能性はありません。これを見てください」

リンはアタシの手を取り、ふたりの左手薬指に施された契約の爪を見せる。

「我々は契約を結んでおります。これにより、ラヴィはわたし以外の人間の血を吸うことはできません」

「貴様、魔族と契約を結んだのか」

「市民の安全を考慮した故の契約です。サラ隊長も市民の安全を考慮してブラム伯爵と契約を結んでおられるのでしょう？　問題などないはずです。それにですね、もとはと言えばこの事件の責任はサラ隊長にあるのですよ」

「なんだと？」

「だってそうでしょう？　我々特務隊を招集したのはほかでもないサラ隊長です。そこに、ローズの正体を見破ることも出来ず、魔族であるデュラハンのロゼッタを組み込まなければこんなことにはならなかったはずです。

この上、もし警備本部でラヴィの身に何かあったなら、警備隊長であるサラ隊長の進退においても責任を負わなければならないのではないですか？

それが、わたし達のもとに預けておいた時にラヴィが襲われたりしたというのであれば、責任はわたし達にあります。その時は自分を自由に処罰をしてくれればいい」

「リン。君は私を脅迫するつもりか？」

「好きに受け取ってくれてかまいません。ラヴィは、わたし達の詰所で預かります」

「ふん。ならばそれはそれでよい。し、しかしだな。魔族と人間がひとつの場所で暮らすなど、周りが何と言うか……」

「それこそ偏見なのでは？　新国王カイン陛下は人間と魔族との融和を望んでいるのです。それに、自分たちが同じところで寝食を共にするには他にも理由があります」

「理由だと？　なんだそれは」

「はい。わたくしリン・アルバス・ルクスは、この度、ラヴィア・フォン・ルベルストーカーと結婚いたしました。夫婦がひとつ屋根の下で暮らすことに何ら不自然なことなどないのでは？」

「い、いや、しかし、それは……」

「そう言えばサラ隊長は元々司教であったのですよね。であれば。愛し合い、誓いを結んだふたりのことは祝福してくれるのでしょう？　ましてや、その間を無理に引き裂くなど、神官の職において、あってはならない行為ではないのですか？」

「――ふん、いいだろう。ラヴィアの身柄はお前たちに預ける。引き続き、ロゼッタの行方（ゆくえ）を調査してくれ」

「はい。かしこまりました」


サラ隊長たちが立ち去り、特務隊の詰所にアタシとリン、そしてルゥの三人が取り残された。

アタシは、何が、どうなったのかがいまいち理解できていない。どこか重い空気に包まれたなか、リンがアタシに向かって言った。

「さっきはすまなかったな。つい、口から出まかせで結婚したなどと言ってしまった」

リンが口火を切ったことに続いてルゥが言う。

「でまかせ……だったんですね。びっくりしましたよ。突然結婚（とつぜんけっこん）しただなんて言いだすもんだから」

「今、ラヴィをサラ隊長に引き渡すのは得策だとは思えなかったのでな。少々強引だったかもしれないが、何とか口実がほしかったんだ」

アタシはいまだに少し理解できない。だから、思い切って聞いてみた。

「あ、あのさ……結婚って……なあに？」

ふたりは驚いた様子だった。

「そうか、魔族には結婚という文化がないのだったな。そうだな、なんといえばいいのか……つまり、結婚した者同士はふたりで同じ家に住み、ともに生活をする……という約束をするという人間の文化だ」

「えっと……つまりさ、アタシとリンは結婚したんだよね」

「まあ、口から出まかせではあるけれどね」

「でもさ、それはつまりアタシ達はこれから一緒に住むっていうこと……であってる？」

「ああ、そういうことになる。強引ですまないが……」

「そうか、じゃあ、アタシ、しばらくここにいていいってことなんだよね。うんうん。それってさ！　さいっこうじゃない！」

「はいはーい。いつまで寝てんのよ。はやくおきておきて！」

にぎやかな声に瞼をこすり、寝室からダイニングへと向かう。

まったく。吸血姫のくせに人間の自分よりも朝に強いというのはどういう性分なのだろうか。

「リンさん。さてはまた深酒をしたんじゃないですか？　いくら夜警から解放されたからと言って油断しすぎですよ。俺達の任務はべつに楽になったわけでもないんですから」

「わかっている。気を付けるよ」

つぶやきながら食卓のコーヒーに口をつける。目の前には焼き立てのパンにオムレツと温野菜のサラダ。それにソーセージのポトフまである。まるで優雅な貴族の朝食だ。

確かに今の自分は少したるんでいるのかもしれない。最近というもの、あまりにも至れり尽くせりの生活環境に戦士としての本能が薄れてしまっているのではないかとさえ感じる。

「ねえ、美味しい？」

「ああ、相変わらずおいしいよ。ラヴィ」

　隣で微笑む新妻のラヴィに微笑み返す。


　ラヴィにかけられた容疑は一旦晴れ、ラヴィは我々と共に特務隊の詰所で寝食を共にするようになった。彼女を身近なところに置いておくほうがいいとはいえ、口から出まかせで、ラヴィとは結婚しているなどと言ってしまったが故、一緒に生活するためには書類上の手続きで、ラヴィを欠員の出た『特務隊』の新たな一員として迎え入れる必要があった。しかし戦闘能力が皆無と言っていい、ましてや警護対象であるラヴィにできる仕事は少なく、それに対する引け目を感じたのか、彼女はこの詰所での家事の一切を自分が行うと言い出したのだ。

　今までだってラヴィはブラム伯爵の大きな屋敷の家事をほとんど一人でこなしていたという。それに比べればたいしたことはないという彼女の言葉を信じて任せることにしたのだが……

　ラヴィの家事スキルはあまりにも高すぎた。

ルゥも自分も、戦闘をすることでしか自分を表現できないような不器用な人種だ。今までだって生きていくことに必要最低限の家事以外はしてこなかったし、それがゆえに家での生活の粗雑さに慣れていたものだから、美味しくて栄養のある食事、きれいなシーツ、ごみ一つ落ちていない床が何もしていなくても与えられる現状に甘えが出てきたのかもしれない。

更に我々特務隊は、夜警を行う義務が免除されることになった。元々四名で構成されていた特務隊が現状は三名。しかも一人は非戦闘員ということで、交代での夜警が難しくなってしまったこともあるが、サラ隊長は他の懸念も抱いているようだった。

我々には引き続きロゼッタの捜索とラヴィの身辺警護、そしてその背後にある黒幕の捜査という任務を与えられた。

サラ隊長の推理では、黒幕はブラム伯爵ではないかと考えているらしい。

能力として価値のない、魔族の姫であるラヴィを事件の犯人に仕立て上げ、人間たちに処刑させる。

そのことに反感を覚えた魔族たちが一斉蜂起し、この町から人間を追い出そうという謀反を起こすという計画だ。ブラム伯爵が、元騎士団長であるロゼッタの復職を条件に協力させたのではないかという見通し。我々はその証拠を探り出すこと。それが新しい任務だ。

「ねえ、だーリン。さっきからずっと怖い顔してる。ゴハンを食べるときくらいもう少し笑ってよ」

ラヴィが両頬をつまみ、ぐにぐにと引っ張ってほぐす。

「や、やめろ。口にものが入ってるんだ」

「じゃあ、もっと笑って！」

「わ、わかったよ。だが、そのだーリンという呼び方はよしてくれ」

「だってさ、この間、好きに呼んでいいって言ったじゃん」

「いや、言ったかもしれないがな……〝リン〟に対して〝だーリン〟だと、文字数がかえって増えてしまっている。その呼び方は、あまりにも効率が悪い」

「あ、いや、ツッコむところってそこ？」

「そこ以外に問題はないが？」

「そっかあ……もしだめなら〝リンちゃそ〟か〝リンリン〟にしようと思ってたんだけどなあ」

「どの呼び方も長くなっているな。効率が悪い」

「そんなこと言ったらさあ、リン以外の呼び方なくなーい？　こういうのはさ、効率じゃなくて愛着の問題なんだけどなあ」

「そういうものなのか？　まあいい……ならばそれでいいさ。以後は、自分もくだらない文句は言わないように心がけよう」

「いまさらそんなこと言われてもなあ……なんかちょっと醒めちゃったというか……もうリンでいいやってなったというか……」

「なんですか？　朝から夫婦喧嘩ですか？」隣で食事をするルゥがつぶやく。「夫婦喧嘩なんて犬も狼だって食わないっすからね」

「あールゥはまたそーやって！　食べず嫌いはダメだよ。せっかくアタシが作ったんだからさ」

「いや、犬も食わないっていうのはだな……別に食事の話じゃなくって……まあいいや。ラヴィアの作る飯はうまいから、残すわけなんかないよ」

「あら、わかってるじゃなーい」


――まったく。生ぬるい生活だ。だが、不快ではない。確かに今までの自分の人生は戦いに次ぐ戦いばかりの世界で、こういう生ぬるい生活が足りていなかったのかもしれない。

そもそも戦争を終わらせ、誰もがこういう生ぬるい世界で生きられるように願って、先の戦争で多くの魔族を斬ってきたのだ。その生ぬるい生活という恩恵を受ける対象に、自分も含まれているべきだという考えが欠如していたのかもしれない。

「そういえばリンさん」と、ルゥが言う。「サラ隊長からの伝言ですが、近日中に三人で本部まで採寸に来てほしいとのことです」

「採寸？」

「隊服です。リンさんとラヴィアのものを作らなければいけないし、俺のもラヴィアに溶かされちゃったので新調してくれるらしいので」

「溶かしちゃったのはアタシじゃないもーん。スラッチだもーん」

ルゥの言葉にそっぽを向いたラヴィはパンをかじり、もぐもぐしながら無視をする。

「ひとのせいにするなよ。あれ、作るのに結構金がかかっているらしいんだ。少しは反省しろ」

「そうか、そんなに高いものなのならば自分のものは無理に作らなくても構わないんだがな」

「え、なんでですか？」

「いや、正直言ってね。ああいう取り回しの悪そうな服というのは苦手なんだ。防御力こそ高いかもしれないが、剣士にとっては身のこなしが最優先なのでな」

「あ、アタシもパス！　大体あの服って銀の糸が縫い込まれてるでしょ？　アタシ、あんなの着ちゃったら全身やけどだらけだよ」

「では、本部へはルゥ一人だけで行ってきてくれ。我々の隊服は結構だ」

「いや、でも一人だけ着てたんじゃあ『隊服』にならないじゃないですか」

「じゃあ、いっそのこと新しいデザインのやつ作っちゃう？　何ならアタシが縫うけど」

「そんなことも出来るのか」

「余裕！」

指でVの字を作って微笑んで見せる。

「あ、そうだ。今度生地を買いに行こうよ。アタシ、いいお店知ってるんだ。そうだ、ついでにさ、ルゥもなんか新しい服とか買ったら？　アンタいっつも男みたいな恰好してるじゃん。最初あった時、男かと思ったわよ」

「確かにそれはそうかもな。ローズも、一緒にいながらルゥのことを男と思い込んでいたみたいだし」

「いや、あれは……リンさんが来るまでは俺だけ個室だったから、単に知らなかっただけですよ」

「だからじゃないか。もう少し女っぽい恰好をしていたら個室でなくとも女だとわかっていたはずだ。それで、余計な疑いを掛けられたわけだし」

「それはまあ……」

「それに、ルゥは美人なんだ。もう少しそれらしい恰好をした方が目の保養にもなるしな」

「そ、それ、マジっすか？　俺が女っぽい恰好した方がリンさんはうれしいって」

「自分は嘘を言ったことはない」

「そ、そうっすね」

「え、嘘？　アタシと結婚してるって言ったけど？」

「あれは方便だ。何なら、本当に結婚してしまえばいいだけのことだ。どのみち血を飲ませるという契約を交わしている以上離れるわけにもいかないんだ。結婚していようとしていまいとたいした問題はないし、さっさと結婚したほうが色々と嘘を言う必要もなくなるだけ効率的だ」

「あ、今『嘘』って言った」

「方便だ」

「まあ、いいわ。そういうことにしておいてあげる。そんなことより、早く帰ってきてね」

「早くと言われてもな、仕事だから仕方ないさ。それに、一刻も早く犯人を捕まえないと平和に暮らせないからな」

食事をしっかりと味わい、身支度を整える。

ラヴィに「留守中はしっかりと鍵をかけておくんだぞ。誰が来ても、決して開けるな。魔族はもちろん、人間もだ。たとえサラ隊長が来ても一人の時にドアを開けるな」と再三しつこいほどに言っておく。あくまでラヴィは命を狙われているのだ。


詰所を出ようとした時、ふと思うところがあった。

「ルゥ。そのライフルは置いて行った方がいいな」

「いや、そうは言ってもこれ、唯一の俺の武器ですし」

「別に今日は戦闘をしに行くわけじゃない。ロゼッタの居所を知っていそうな人物に聞き込みをするだけだ。ルゥのライフルはいかんせん目立ちすぎるところがある。それを担いでいるだけで相手を威嚇しているようにも見えるかもしれない」

「まあ、それはそうっすね」

「ただでさえ自分たちは人間だから魔族が友好的に話をしてくれないことが多い。何かあったときは自分が守ってやる。だから今日はそれを置いていけ」

「そりゃあまあ。リンたそが護ってくれるっていうならそれで十分身の安全は確保できたようなもんです。今日のところは、おいていきますか」

「……リン……たそ？」

「好きに呼べばいいって言ったじゃないですか。リンたそ、ダメですかね？」

「いや、ダメではないが……」

「ははは、じょうだんっすよ」

ルゥはライフルを玄関先に立てかけ、そのまま詰所を出た。


それから約半日。方々を歩き回ったが何の成果も得られなかった。町の裏事情にも詳しいというインプにも会って話をしたが、ほとんど有益な情報は得られなかった。おそらく知ってはいるが人間には情報は売らないという態度も窺えた。やはり、この町では人間は魔族に快く思われていないことが原因か。

仕方なしに詰所へと帰る。

中にいるであろうラヴィに帰ってきたことをアピールするためにドアを三回ノックする。決して出迎えなくていいと警告しているので、鍵を使ってドアを開ける。

数歩離れたところでラヴィが「お、おかえり……」と気まずそうにつぶやく。

明らかに違和感がある。両手を背に回してあからさまに隠しているし、いつもなら豪勢な食事を用意していてうまそうなにおいが立ち込めているはずなのに、今日はそれがない。

明らかに何か隠しているだろうと素早く彼女に近づき、背中に隠した両手をつかんで手前に引き出す。その両手は包帯でぐるぐるに巻かれている。

「どうしたんだこれ」

「あいたたた。ちょ、ちょっと火傷しただけだよ」

「火傷だって？」

あれだけ料理のうまいラヴィがそんなヘマをするとも思えない。それにそもそも、料理なんてほとんど作っている様子がない。キッチンを眺める限り、料理をしようとあれこれ試みた様子こそうかがえるが、そのどれもが早い段階で断念しているように見える。ましてや、火傷をするような火を扱うところまで準備すらできていないのに、これほどの火傷をするものだろうか。

部屋を見渡し、原因はすぐにわかった。

「ルゥの、ライフルか……」

「ごめん……ちょっと片付けようとして……」

ルゥのライフルは、いたるところに銀の装飾を施してある。しっかりと手入れの行き届いたそのライフルの銀装飾はいつでも美しく輝きを放っている。

しかしそれは、ラヴィにとっては危険な凶器でしかない。ルゥの扱うライフルの銀の弾丸は、本来吸血鬼の心臓を撃ち抜くためのものである。

さっとその手を隠したのはおそらく、ラヴィのルゥに対しての気づかいなのだろう。普段はいがみ合ってこそいても、ルゥの持ち物で自分が火傷を負ってしまったことをルゥが知れば、ルゥ自身に罪悪感を持たせてしまうからだ。

それに、ライフルを置いて行けと言ったのは自分だし、そこにも気を使っているのかもしれない。

「今日、ゴハン出来ていないんだ……」

「そんなことどうでもいいよ。その手じゃ作れないだろ。しばらく休んでいろ」

「ああ、そうだリンさん。せっかくなんでみんなでどこか食べに行きましょう。ラヴィアが来てから、まだ歓迎会もしていなかった」

「そうだな。それも悪くない」

命を狙われているかもしれないラヴィを連れて出歩くのは正直どうなのかという疑問は残った。だが、それを言ってしまえば我々は何のための護衛かという話になる。たまにはそういうのもいいだろう。

店は、先日行った魔族の経営している酒場にした。それなりの人気店のようで、客が多い方が却って護衛はしやすいものだ。

酒場の扉を開け、まずは自分が先に入り、周囲を見渡す。相変わらずガラの悪そうな連中が一斉にこちらをにらみつける。威嚇を返すように相手をねめつけながらラヴィの安全を確保できそうな場所を見分し、壁際のテーブル席を指定する。

手招きをして、外に待たせてあったラヴィとルゥを招き入れる。ラヴィの姿を見た酒場の連中がざわつき始める。確かにラヴィは元伯爵令嬢である。そうなれば見知った人もいるだろうし、魔族からすれば一目置かれる存在であるかもしれない。

店内を数歩歩いたところで「ラヴィちゃん！」と声が上がる。それに応えるようにいかついオークに向かって手を振って笑顔を振りまくラヴィ。酒場の誰もが歓声を上げる。

その姿は、恐ろしき伯爵のご令嬢という雰囲気などではない。魔族の誰からも好かれているアイドルのようでさえあった。

女将が注文を聞きに来た。以前は人間だったと言っていた紅い髪の女将だ。

「ラヴィ。どうしたんだいこんなところに！」

「あ、レイラさん！」

ふたりは顔見知りであったらしい。ラヴィは女将のことをレイラと呼んだ。

「ふたりは、知り合いだったのか」

「あ、うん。レイラはね。パパの昔からの知り合い。戦時中は屋敷で一緒に住んでいたんだよ。あ、アタシの料理はさ。子供のころにみんなレイラから教えてもらったんだよ」

「なるほど。どうりで美味いわけだ。魔族のラヴィの料理が自分たちの口に合うのは、なるほどそうか。ラヴィは元人間だったこの店の女将に料理を習っていたのか」

「まあ、確かにそれもあるんだろうけど、きっと食べ物の好みって人間も魔族も似たようなものなんだと思うわ。だってレイラのこのお店、魔族たちにすごくウケがいいんだもん。たぶん育ってきた環境だとか文化の違いで変わったものを食べたりしていることもあるけど、本質的にはそんなに変わらないんだと思うわ」

「確かに、そうかもしれないな」

「それにしてもラヴィちゃんとあんた達人間の兵士さんが一緒とは、これはどういう風の吹き回しだい」

「いろいろあってな。今はラヴィを保護している」

「あのね、レイラ。アタシ、リンと結婚したんだよ！」

無邪気にはしゃぐラヴィ。対してレイラは「結婚だって！」と驚いた様子だ。無理もない。

ラヴィは結婚というものをあまりよく理解していないようだが、元々人間だったというレイラなら、それがいかに滑稽なことであるかがわかるだろう。

「まあ、いろいろ積もる話もあるだろうけどさ。とりあえず腹ごしらえさ。あんた達、おなか減ってるんだろ。たんと食べてお行き」

人間と魔族。分け隔てないように接してくれるレイラだと思ってはいたが、やはり魔族のラヴィがいるとそれだけでいつもよりも柔和に見える。あるいは、それだけレイラにとってよほどラヴィがかわいい存在なのかもしれない。

そのことになぜか少しだけ釈然としない自分がいた。自分の知らないラヴィの過去を、レイラという女性が深く知っているであろう事実に、少しだけ対抗心を燃やしている自分の心にざらりとした砂のような感触を覚える。

出された料理に関して言えば、それはどれをとっても美味いとしか言いようのない味だ。ラヴィの師匠だというのだから間違いはない。

それにセルペス酒だ。蛇の毒を一緒に醸造したというその酒の味が、いっそう料理の味を引き締めている。

「ねえ、それってそんなにおいしいの？　アタシも飲んでみようかな？」

「うむ、美味いがラヴィはダメだぞ。お酒を飲んでいいのは大人だけだ」

「むっ！　アタシ子供じゃないもん！　ちゃんと大人だよ。それなのに弱っちいままだからパパに追い出されたんだよ」

「ラヴィ、成人していたのか。今、何歳だ？」

「十八歳」

「じゃあ、ダメだな。お酒は二十歳になってからだ」

「そんなの人間の法律でしょ！　魔族は十八からお酒を飲んでもいいの！」

「だが、今この町の法律を作っているのは人間だ。そして、その人間の法律を守ってもらうために自分たちの仕事がある」

「それよそれ！　そんなの人間が勝手に作った法律でしょ！　アタシ達魔族はずっと十八歳で成人として生活してきたのにさ、それをある日魔族に何の相談もなしに法律変わりましたなんて言われてもさ、困るわけよね」

「それはわたしに言われても困るな。自分なんかは所詮一警備隊員でしかないんだ。確かに人間が勝手に決めたと言えばそうなのだろうが……それこそ、ラヴィのほうが伯爵の娘なのだし、これから先、そのあたりを変えてゆける可能性があるのではないか？」

「そんなことを言ってもさー、アタシは落ちこぼれの吸血姫で家を追い出された身だしさあ」

「だがな、現状法律がそう決まっている以上はそれに従うしかないだろう」

「ああもう、あったま堅いわね。柔らかいのはおっぱいだけね」

「なんだ、うらやましいのか？」

「う、うるさいわね！」

ラヴィは自分の胸に手を当てながら睨みつける。

「なんだいなんだい、にぎやかだね。ハイこれ、お店からのサービスだよ」

レイラがデザートに人数分のプリンを持ってきてくれた。基本甘いものはあまり食べないのだが、今日だけはそういうものも食べたい気分だ。

喜び勇んでプリンにくらいつくラヴィにレイラは尋ねる。

「そういやさっき耳にしたんだけどさ。ラヴィ、伯爵に追い出されたって言ってたけどそりゃ本当かい？」

「ふん。ほれはね。ほんほー」

「ラヴィ、口の中のものがなくなってからでいい」

「………うん。ホントーなんだよ。まったく、あったまきちゃうわよ」

「伯爵が、そんなことするとはね……それで、人間と結婚することに？」

「なんか、そうするほうが色々と都合がいいみたいで」

「都合がいいってそんな簡単に……」

「なんかね、アタシ、ロゼッタちゃんに嵌められたみたいな話になってるんだよ。パパとロゼッタちゃんがグルになっているって」

「ロゼッタがねえ……確かにあいつはいけ好かないところがあったよ。もしかしたら伯爵はロゼッタにいいように利用されているのかもねえ」

「レイラさん。ロゼッタを知っているんですね。彼女は今、行方をくらましているんです。潜伏場所に心当たりはありませんか？」

「ロゼッタはねえ。実力こそあって騎士団長をしていたんだけど、それほど部下の信用があったわけじゃあないんだよ。森を離れているとなれば誰かに匿われている可能性もあるんだろうが、危険を冒してまで頼る相手がいるのかどうか……それこそ、ラヴィのいない伯爵の屋敷にでも匿われてたんじゃどうしようもないけどね」

「伯爵の館の中に、匿うような場所があるのでしょうか？」

「それこそラヴィに聞いてみたらどうだい？　彼女は十八年間あの館に住んでいたんだ」

「どうなんだ？　ラヴィ。以前に伯爵にラヴィを館のどこかに匿っていないかと聞いたことがあったけれど、館内は好きに探していいと言われたよ。はじめから隠し部屋などないのか、あるいは決して見つからないという自信がよほどにあるのか」

「あー、隠し部屋ね」つぶやきながら、ラヴィはさらに一口プリンを口へ運ぶ。「はふよ」

「口にものを入れたまましゃべるんじゃないと今言ったばかりだが？」

「頭かたいわね。プリンとおっぱいは柔らかいけど」

「で、あるのか？」

「あるよ。でも、どこにあるのかはアタシも知らないな。だけどさ、そこに誰かを隠すっていうことはないと思うんだよね」

「なぜ、そう言える？」

「その隠し部屋はね、何があっても絶対に開けてはいけないって子供のころから教えられているんだ。そこに入ることはとても危険だから入ってはいけないらしいの。場所は、アタシが伯爵を継ぐときに教えてくれるっていう話だったんだけど、追い出されちゃったしね」

「だが、あるにはあるんだな？　その場所がラヴィに知られてはいけないから危険だと言っていただけかもしれない。だが、なんにせよラヴィが知らないならどうすることも出来ないだろうな。聞く限りでは探すにしても、伯爵が屋敷にいる間は何が何でも見つからないように阻止してくるだろうしね」

「まあそれにしてもさ」とレイラが言う。「ラヴィを護るためとはいえ結婚までする必要があったのかい？」

「すいません。つい、口から出まかせで……」

「あたいに謝ることはないだろうけどさ」

「ねえねえ、ところでさ。アタシ思うんだけど、結婚ってそもそも何なの？　魔族には結婚っていう習慣がないからいまいちよくわかってないんだよね。一緒の家に住む理由っていうのはわかったんだけど、なんでみんながそんなに大げさなことを言うのか……」

「ああ、いや、それはだな……」

ラヴィには、ちゃんと結婚について話しておかなければならなかったのだろう。あの時は口から出まかせだったとしても、なんだかラヴィを騙(だま)していたようで居心地(いごこち)が悪い。

「少しよろしいかな？」

テーブルでの談話に声を掛(か)けてきたのは意地の悪そうな顔のインプ。その顔には見覚えがある。今日の昼に出会ったばかりの情報屋だ。裏情報に詳(くわ)しいと聞いて接触(せっしょく)してみたはいいものの、デュラハンについては何も知らないと一蹴(いっしゅう)された。

「何の用だ？」

「情報をね、持ってきたんです」

「何も知らないのではなかったのか？」

情報屋は気まずそうにラヴィのほうを一瞥する。

「お嬢様が関わっているというのであれば、話は別です」

「人間には話す気は無かったということか」

「少し違いますな。我々も商売でやっているのです。が、お嬢様が絡んでくるというなら話は別ですよ。我々は情報屋である以前にラヴィお嬢様の味方ですからな」

「ラヴィは、人徳者なのだな」

「みんな好きなのですよ、お嬢様が。ただ、それだけです。それに、騎士団長のロゼッタのことに関しちゃあ何も知らんのです。ただね、我々が知っている情報っていうのはですね。あなたたちのことなんですよ」

「我々、というのはつまり特務隊のことか」

「ええ、そう思っていたんですが、どうやらお嬢様がらみのようですので……」

情報屋は先ほどからちらちらとラヴィのほうを気にしている。あまり彼女には聞かれたくない話なのだろうか。

「ラヴィ、ちょっとこっちにおいでよ。あたいが人間の結婚について教えてあげるから」

と、気を利かせたレイラがラヴィをカウンター席のほうへ誘導した。ラヴィがいなくなったところで情報屋は話を再開する。

「裏筋の話でね。あなたたちが詰所で匿っている人間の少女を暗殺するという仕事が出回っているんだ。依頼主は不明だが報酬は破格だ。

あなたが十分に強いという話もまた有名だから相当に腕のあるやつくらいしか引き受けないだろうと高をくくっていたがね。まあ、その少女というのが高名な戦士でないというのであればやりようはいくらでもあるとは考えていたんだが……その人間の少女っていうのはおそらくラヴィお嬢様のことなんだろう？」

「おそらくそうだろうな。ラヴィは吸血姫と言えどもぱっと見では人間に見えなくもない。我々とともに住んでいるというのであればなおのことそうだろう。つまり、ラヴィをこの世から葬り去りたいと考えているやつがいる、ということだな」

「ああ、そういうことだ。それに、聞いた話によるとブラム伯爵は成人を迎えたラヴィを町の外へ追放したっていう話じゃないか。この話、表沙汰にはしていないがまさか人間と一緒に住んでいるとはね」

「成り行きでそうなったのだ」

「でもよ、変な話じゃねえか。なんで伯爵はあんなに有能なラヴィお嬢様を追放したんだ？」

「ラヴィが有能？　本人は、無能だから追放されたと言っていたが」

「なにが無能なもんかよ。そりゃあ確かにお嬢様は戦闘力じゃあ強くはないけどよ。町のみんなに慕われている人気者だ。洞察力だってあるし正義感もある。いわゆるカリスマだな。戦時中ならまだしも今は人間とも和平の道を進み始めたんだろ？　なら戦闘力なんて必要ねえじゃねえか。むしろこれからの時代に不要なのは力でその地位を確立してきたブラム伯爵の方だ。これからの時代にはラヴィお嬢様のような方こそ領主にふさわしい。

それが、気に入らないってやつがいるわけだ。そいつにとっちゃあいまだに力こそが正義なんだろうよ。つまり、俺の言っていることの意味が分かるよな？」

「つまり、なにが言いたい？」

「ラヴィお嬢様を護ってやってくれ。お嬢様がいなくなりゃ、またこの町は戦争になる。俺はそんなことを望んでやいないが、力でしか自分の居場所を作れない奴にとってはそれが必要なんだ。もう、戦争なんて御免だよ」

「……わかった。戦争は起こさせない」

「頼んだぞ」

懐から取り出した情報料を、インプの情報屋は受け取らなかった。

犯人を決定づける確固たる証拠こそつかめなかったが、その裏にうごめく陰謀のようなものは見えてきた。

それに魔族もまた、多くのものが人間との争いを求めていない。そのことがわかっただけで十分だ。

情報屋が立ち去った後に、カウンターでレイラと話し込んでいるラヴィを迎えに行く。

「ラヴィ、そろそろ帰るぞ」

「ふぁ、ふぁあああい」

ラヴィの頬の血色がやたらといい。

「ラヴィ、お前酒を……酔っているな」

「だいじょうびだいじょうび！　よってなんかないれふよ～」

「まったく。困ったやつだ」

ラヴィを背に負って家路につく。

いつの間にか眠ってしまったラヴィをベッドに乗せ、ルゥとふたりでラヴィの代わりに詰所の掃除をする。少し酒が入っているせいもあるのだろうが、二人掛かりでもかなり大変な作業だった。

今までの自分は戦うことしか考えていなくて、掃除なんてあまりしてこなかったから、こんな苦労を感じたこともないし、汚れている部屋にいる自分に違和感なんてなかった。

だが、これからはもう違うのだ。戦争も終わり、人間も魔族も平和な世界で生きていくためには、こういう掃除のようなことに生活の意味を見出し、大切にしていかなければならないのだ。

ラヴィはそれを教えてくれた。ラヴィは、自分たちよりも一足先に平和な世界で暮らすことに順応していたのだ。戦力が少なくて弱いのではなく、戦力が少ないからこそ生活力が強いのだ。きっと、ルゥもそれは感じているだろう。

片付けが終わり、風呂に浸かっていた。ルゥは先に入り、「今日は疲れたので先に寝ます」とのことだ。ラヴィが火傷をしているので明日の朝食係はルゥだ。

そのとき、風呂場の戸が開いた。瞬間的に警戒したが、その必要もなさそうだ。やってきたのはラヴィ。目覚めたばかりの目をこすりながら、少しぽわんとした表情だ。

「どうしたラヴィ？」

「うん。ごめん……手、やけどしちゃってるからさ……髪、洗ってもらえないかなって思って……」

「仕方ないな。こっちにこい」

浴室の椅子にちょこんと座り背中をこちらに向ける。ラヴィの体は自分より一回り小さく、その骨格は驚くほどに細い。筋肉も脂肪もほとんどついていないその背中はとても十八歳とは思えない。やせ細った背中は傷ひとつなくすべすべとした背中だ。

いつかラヴィの言っていた、人間が勝手に作った法律で血を飲むことを禁じてしまった代償と言えばそうなのかもしれない。髪を洗い終わり、お湯で流したその背中を、わたしは知らないうちに抱きしめていた。ラヴィの境遇を不憫に思ったのか、あるいは自分も少し飲み過ぎてしまっただけなのかもしれない。

「どうしたのリン？」

「いや、すまない。なんでもないんだ……」

「そっか、じゃあ、今度はアタシが洗ってあげるね」

「無理するな。手、やけどしているんだろ」

「ああ、そうだった……」

「気にするな。髪くらい自分で洗える」

それからふたりで狭い浴槽に浸かった。基本ひとりで入ることしか想定されていない小さな浴槽にふたりで入るのは無理かもしれないと思ったが、ラヴィは細く、身を寄せれば

どうにかなった。

　ラヴィはわたしの肩に頭をもたせかけたまま視線を下の方へと移す。胸元に視線を感じる。

「リン。大きいね」

「まあな。普段はさらしを巻いているから目立たないが……」

「うらやましい……」

　そのうらやましいという言葉には、『お前たち人間のせいで自分は成長できなかったのだ』と指摘されているような気がして言葉に詰まる。

「ねえ、ちょっとだけ。いい？」

「なにがだ？」

　とぼけるように聞き返したが、ラヴィは返事を待たずしてその手を胸に伸ばす。その小さな手には収まりきらないわたしの胸を、その形を確かめるように色々な角度から触る。その感触に思わず声が出そうになるのを抑える。

　ラヴィのもう片方の手はわたしのおなかや内腿を擦るように触る。

「いいなあ。アタシも今から血を飲む生活を始めたら、こんな体になれるのかなあ」

「そんなに気にすることはないさ。ラヴィは今のままで十分に魅力的なんだから……」

そんな言葉が、彼女にとっては何の慰めにもならないことを知っている。その言葉は、自分たち人間が抱えた罪の意識から逃げるための方便だ。

「ねえ、リン。今日はさ、ここで血を吸ってもいいかな」

特に言葉は必要なかった。狭い浴槽の中でふたりは向かい合い、わたしの上にラヴィがまたがる。少し冷め始めた湯船の生ぬるい液体に包まれた中で、密着したラヴィのさらさらとした内腿がわたしの腰を両側から挟み込む。触れ合う皮膚から、冷めたお湯よりも温かい熱を感じる。彼女は両腕を広げわたしの肩を外側から抱きしめる。覆いかぶさるラヴィの未成熟な乳房がわたしのそれを押しつぶすように密着する。

ラヴィはいつもの通りにわたしの左耳の後ろから舐め始める。それは彼女なりの吸血という儀式の始まりの祝詞なのだ。

浴室で体を清めたばかりなので、自分の汗のにおいを気にせずに済むのはひとつの救いでもある。代わりに目の前にある、彼女の洗いたての白銀の髪から石鹸のにおいが立ち込める。

今日はやけに心地がいい。石鹸のにおいのせいか、まだ酒が抜けていないのもあるのだろう。

ラヴィの舌は首筋を這い、そしてそこに牙を突き立てる。もう、何度も繰り返されたそわ寸分違ぬその位置から血を吸い上げる。の吸血行為のポイントは、いつしか彼女の歯形通りの傷跡を作り、今日もまた、寸分違わぬその位置から血を吸い上げる。

体が湯船に浸かっているからなのか、それとも火照ってしまっているのか。首筋から抜けていく血の感触が、いつもよりも敏感に思える。

そしてラヴィが血を吸った直後には、彼女の白い髪の毛がほんのりと淡いピンク色に染まるのだ。それはまるで、無機質なその体の部位に、わたしの血潮が流れ込み、混じりあっていくかのようで、その染まりゆく色を眺めるのが、いつしか無性に好きになっていた。

風呂から上がり、髪を乾かしてから寝室へと向かう。自分とラヴィとは同じ部屋だ。以前はルゥとふたりで使っていた部屋だが、レイチェルとローズがいなくなったために個室に分かれた。今はそこにラヴィが転がり込んだというわけだ。

狭い部屋の左右に分かれたベッドにそれぞれがもぐり「明かりを消すぞ」というわたしの言葉にラヴィは「うん」とだけ頷き、部屋の明かりはなくなった。

部屋の明かりが消えてそれほどの時間を待たずして、ラヴィがベッドから立ち上がる音がした。わたしはラヴィに背を向ける形で壁を向いて寝転がっていたのだが、その背中越しに彼女は言う。

「ねえ、リン。そっちに行ってもいいかな」

それにこたえるまでもなく、ラヴィは狭いベッドにもぐりこんでくる。背を向ける自分を後ろから抱きしめる。背中にはその発育の乏しい胸が押し当てられる。自然と先ほどの浴場での出来事を思い返してしまう。

「もしかして、まだ、酒が残っているのか」

「うん、そだよ。だから……ちょっとくらいは許してよね」

「許すもなにも……」

「アタシ達、結婚しているんだから普通、だよね……」

酒場での出来事を思い出した。人間の結婚という文化を知らないラヴィが元人間のレイラに聞いていたことを。

「女将から、何を聞いたんだ」

「結婚しているふたりはね……一緒にお風呂に入ったり、一つのベッドで一緒に寝たりするんでしょ……」

「そう言う場合も、あるというだけだ……皆がそうするわけじゃない」

「でも、アタシはうれしいよ。できれば毎日そうしたいくらいには」

「毎日は……勘弁してくれ。でも、たまになら……それくらいはかまわない……」

背中を抱くラヴィの力がきゅっと強くなる。

「リンは……思っていた人間のイメージとはだいぶ違う。人間はもっと狡猾で、自分勝手な生き物だと思っていた」

「そう言う人間だって少なくはない」

「でもリンは違う……」

「……」

「どうして人間なのに、魔族にやさしくしてくれるの……」

「人間であるかどうかは関係ない。そういう人間もいれば、そうではない人間もいるだけだ」

言いながら、ふと昔の出来事を思い出していた。

こんなことを話すつもりなんて微塵もなかったのだけれど、たぶんわたし自身、まだ酒が抜けきっていなかったからなのだろう。

「昔……まだ自分が小さな子供だった頃。魔族の子供と友達になったことがある」

「昔って、まだ人間と魔族が戦争をしていたころ？」

「ああ、そうだ。その魔族の子はね、人間のふりをして、人間の中で暮らしていたんだ」

「スパイ？」

「そうじゃないと思う。たぶん。その子は両親が、人間と魔族との間で結婚をして生まれた子供なんだと思う。母親と二人暮らしの子で、家はずいぶんと貧しいらしく、いつも着ている服は擦り切れてボロボロだった。わたしはその子が魔族だなんて知らなくて、普通に友達になって普通に暮らしていた。とてもいいやつで、わたしととても気が合った。共にわんぱくで女ながらに泥だらけになりながら遊んでいたっけ。

でもね、ある日村の大人たちが集まって、何やら話し合いをしていた。その日の夜。両親はわたしに家から絶対に出てはいけないと言い、ふたりで出かけて行った。その表情が、あまりにもしかめっ面をしていたものだからつい気になってしまってね。夜中にそっと家の外に出てみたんだ。

その夜の村は異常だった。満月の夜でね。

元々人の少ない村ではあったんだけど、村の中にはだれ一人歩いていない。わたしはしばらく誰もいない村の中を歩き回り、村はずれの一軒の家の周りに村の大人たちが集まっていることに気が付いたんだ。

その家はわたしの友達の家だった。大人たちは一様に険しい顔をしていて、炎に包まれているその家から片時も目を離さないよう見張っていたんだ。

わたしは慌ててその家に駆け寄ろうとした。だけど、それを見ていた大人がわたしを捕まえて『行ってはダメだ。あの家は悪魔が住む家だ』と言ったんだ。わたしは、その大人に言った。あの子は悪魔なんかじゃない。わたしの友達なんだって。

だけど大人はそれを認めてくれなかった。『お前は悪魔に騙されていたんだ』って言われたよ。そのとき子供だったわたしは悪魔とは何なのかわからなかった。大人はとても恐ろしい生き物だと教えてくれたが、わたしにはその家に住んでいた友達より、村の大人たちのほうがよほど恐ろしかった。

翌日になり、家の焼け跡から親子の狼の遺体が見つかったよ。それを見て大人たちは言ったんだ。

『ああ、やっぱりだ。これで安心して眠れる』ってね。

おかげでわたしはそれ以来、安心して夜眠ることができなくなってしまった。あの狼の友達は、とてもいいやつだった。それなのに突然村の大人たちに家に火をつけられたんだ。だから、自分の家も、いつか突然火をつけられるんじゃないかと恐ろしくなって夜眠るのが怖くなったんだ。

わたしは大人になるにつれ、魔族は恐ろしい奴らだから当然だと自分に思い込ませようと努力もしたことがあるが、やはりそれは無理だった。

四年前。勇者カインが魔王を打倒し、世界から人間と魔族の戦争がなくなると、国王となったカイン陛下は言った。

『魔族の存在は悪ではない。共に手を取り合い、共存する世界を築くべきだ』と。

そんなことははじめから知っていたよ。だけど、その言葉のおかげでわたしはもう、ためらう必要がなくなった。

わたしは魔族にやさしいんじゃない。もしかするとラヴィを護りたいという気持ちは、あの時護ってやれなかった友達の代わりなのかもしれない。正直に言えば、今、自分がラヴィに抱えているこんな感情は、あの時以来のものなんだ」

その感情のことを何と呼べばいいのかわたしにはわからない。ただ、一つだけ言えるのは、

「もう、誰もあんな目には遭わせない……」

その言葉を黙って聞いていたラヴィは、そのままわたしの背中をぎゅっと抱きしめてくれた。その、細い腕に深い安心を覚えた。

翌朝、わたしはまたもや寝過ごしてしまった。まったく、気がたるんでいるにもほどがある。日増しに朝起きるのが苦手になりつつあるようだ。

ダイニングに出ると、朝食の当番だったルゥは椅子に座ってコーヒーを飲んでいる。キ

ッチンにはエプロン姿のラヴィが。「あ、リン。おはよう」と言って笑顔で微笑む。

「あ、俺別にサボったわけじゃないっすよ。ラヴィがもう大丈夫だからって言うから」

ルゥが弁明し、ラヴィのほうを見る。

「あ、もうなんか全然平気なんだよね。ほとんど治っちゃったみたい」

そう言って火傷あとのほとんど残っていないきれいな両手をかざして見せた。

「もしかして血を飲んでいることで、本来吸血姫が持っているはずの治癒能力を取り戻し始めているんじゃないのか」

「うーん、そうかもしれない。もしかしてこのままだとアタシ、つよつよヴァンパイアになっちゃう？」

「そうかもしれないが……くれぐれも注意するんだぞ。丈夫になってきたとはいえ、ほんのわずかだ。もし、敵に襲われたらその時はひとたまりもない」

「まー、アタシも戦ったりするのはちょっとやだしね。あ、でもさ、でもさ！　もしかしたらアタシ、このまま血を飲み続けて本来の力を取り戻したらさ。おっぱいもリンみたいにおっきくなるかも！　少なくとも、ルゥなんかよりは絶対おっきくなるよね！」

「な、なんだと！」

朝からはしゃぐふたりを尻目にコーヒーに口をつけ、一言だけ付け加える。

「それはないと思うぞ」

「ええ！　そんなのわからないよ！」

「わかるさ。ラヴィが人間の血を吸わなくなったのは十四からの四年間だろ？　わたしが十四の時には今のラヴィよりもはるかに大きかったぞ」

「そ、そ、それはわからないわよ！　ほら、アタシは大器晩成型なんだし！」

「なあ、少し聞いていいか？」とルゥ。「さっきから聞いてりゃラヴィはまるでリンさんの裸を見たことあるような言い方じゃないか。まさか、覗きでもしているんじゃないだろうな！」

「ちっちっちっ。ルゥ君にはわからないカンケーがアタシ達にはあるんだよ。なんせアタシ達はケッコンしているんだからね。まーあ、この話はルゥ君にはちょっと早いかな。君ももう少し大人になればわかるよ」

「子ども扱いするな。大体俺のほうがずっと年上だ。俺はリンさんと一つしか違わないんだぞ」

「そう言うところが子供っぽいんだよね。あ、これはオトナの階段を昇ったアタシの余裕かな？」

「ちょ、ちょっとリンさん！　アイツあんなこと言っていますよ。何とか言ってやってください」

「朝からそう騒ぐな」

「な、なんで否定しないんですかー」

潔白を嗤(わら)う赤い焔(ほのお)

On
The Night
When
The White Dress
And
The Red Moon
Melt
Together

　リンさんとラヴィの仲が日々親密になっていくのを複雑な気持ちで眺(なが)めている。ラヴィとリンさんの結婚(けっこん)は建前で、任務が終わればそのまま解消されるものだとばかり考えていたが、果たしてそうだろうか。

　結婚自体は建前なのだが、リンさんが交わした上級悪魔の契約(けいやく)は絶対的な効果のある本物の契約だ。ラヴィが人を襲わないと約束させるものではあるが、そのかわりにラヴィに血を与(あた)え続けなければならない。もちろんこれは、命に別状のあるほどの量でもなければ、従属する意思がない限りリンさんがヴァンパイア化するという危険もない。

　しかし、その契約がある以上、ふたりは遠く離れて暮らすということは無理だろう。それは、ある意味結婚よりも強い絆(きずな)が存在すると言っても過言ではないだろうか。

　俺は、ずっとリンさんのことが好きだった。その活躍(かつやく)を耳にした時も、同じ特務隊に配属されてバディを組むことが決まった時も、心の底から嬉(うれ)しかった。一歩一歩彼女に近づき、すぐ手の届くところまでようやくたどり着いたと思った途端に現れた吸血姫のラヴィはあっという間に自分のことを追い越してしまった。

そしておそらく、ふたりの感情は契約以上の存在になっているのだろう。互いにそれを意識しているかどうかまではわからない。

ラヴィは、失ってしまった家族とその居場所をリンさんのもとに見出しただけなのかもしれないし、リンさんはどこまでも任務に忠実なだけなのかもしれない。

でも、俺はリンさんに対し明らかに別の感情を抱いている。

だからわかるんだ。互いの感情はそれに近いものだということが。


俺のほうが先に好きだったのに……そんな気持ちがないわけでもない。

でも、だからと言ってそんなことには何の価値もない。負け犬の遠吠えにさえならないだろう。きっとラヴィが現れなかったからと言って、おそらく俺がリンさんにとってのラヴィの立ち位置に収まることはなかっただろう。

そもそも、自分がそこまでの形を望んでいなかったということもあるかもしれない。

多分俺がリンさんに対して抱いている感情は『敬愛』だ。そしてそれを、最近ではラヴィに対しても抱くようになっている。

「ああ！　ルゥちゃんまたニンジン残そうとしてるでしょ。お肉ばっかじゃなくて野菜もちゃんと食べなきゃダメなんだって」

ラヴィの作った朝食を取りながら、まるで子供のように叱られてしまう俺。年上のはずなんだが、詰所の中ではまるで子供のように扱われている自分が、あまり嫌いではない。

リンさんとラヴィが婦婦であるならば、さしずめ自分の立ち位置は子供といったところなのだろうか？　いや、むしろ小姑というほうが適切かもしれないな。

「野菜は苦いし、肉のほうがおいしいだろ？」

こんなことを言うと、ラヴィに怒られるというのはわかりきっているというのに、ついつい反抗的な言葉を使ってしまうのはどういうことなのだろうか？

リンさんを簡単にとられてしまった嫉妬心からなのだろうか。あるいは単純にラヴィの気を惹きたいと思っているのか。

しかしそれでは、まるで自分が嫉妬しているのはラヴィではなく、リンさんに対してということになってしまうのか？

「ニンジンはグラッセにしているから甘いわよ。お肉なんかよりもずっと甘いんだから」

ラヴィはそんなことを言いながら、生のトマトに丸ごと齧りつく。

彼女の口の周りに飛び散ったトマトの果汁が滴り、口の周りを紅く染める。その光景があまりにも妖艶で、俺の中の野性的な本能が思わず「それ、美味そうだな」とつぶやいてしまう。

「あ、お野菜にそんなふうに思えるなんていいことだわ。じゃあ、特別にこれをあげるわ」

ラヴィは齧りかけのトマトを差し出した。それを手に取り齧りつく。

「ぐえ、やっぱり苦い」

「苦くてもちゃんと食べるのよ。トマトは栄養が詰まっているのだし、アタシ達の健康のためにその命を差し出してくれているのだから、ちゃんと感謝しなくちゃ」

そんな彼女の言い草が、魔族＝悪という人間の考え方が明らかに間違っているのだと証明してくれる。魔族だって、人間とは本質的に違わないものなんだって、ずっと昔から知っていたはずなのに、あらためて思い知らされる。

朝食を終え、町の巡回と襲撃事件の犯人捜査に出かける。

玄関先でラヴィが「早く帰ってきてね。晩ゴハン、何がいい？」とまるで新妻のような言葉をつぶやく。いや、もちろん建前上、彼女は確かに新妻なのだが、それをなんとなく認めたくない自分は、リンさんが言うよりも先に「肉がいいな」と返す。

「じゃあ、野菜いっぱいでお肉の入ったシチューを用意しておくから」

ラヴィが意地悪そうに微笑む姿に、今日もさっさと仕事を終わらせて早く詰所に帰ってきたいなどと、甘えた気持ちが心をかすめた。

「すいません。少し寄り道してもいいですか？」

巡回の途中ではあるが、その細工店の近くを通ったので提案してみた。

「どうしたんだ？」

「いえ、ちょっと私用ではあるんですけど、この店に細工を頼んでいまして……それが出来上がったころだと思うんですが」

「ああ、かまわないさ。これと言って特に捜査に進展があったわけじゃない。ついでに聞き込みも兼ねて立ち寄ろう」

店に入るなりオークの店主が「おう、アンタかい。ちゃんと出来上がっているぜ」と声を掛けてくれる。こぢんまりとした店内にはティアラやネックレスのような宝飾品から、ステンドグラスやレース編みのドレスなど、様々なものが並んでいる。

このオークの店主は手先が器用で、実にいい仕事をするとの評判だ。店主は頑固でなかなか誰にでも仕事をしてくれるというわけでもない難しい職人らしいのだが、ラヴィの紹介ですんなりと引き受けてくれた。ブラム伯爵の館のステンドグラスや宝飾を手掛けているらしい。

「すげ替えはすぐに終わるんだよな」

「へえ、数分もあれば出来やすぜ」

「なら、よろしく頼む」

肩にかけたライフルを下ろし、店主に預ける。店主はそれに手早くノミを入れ、飾ってある銀細工を剝がしていく。代わりに、注文しておいた同じデザインのチェリーオーク製の装飾に取り換えていく。

実に見事な出来栄えだ。元々こだわって装飾を施してもらっていたものだが、それと寸分たがわぬデザインで木製の複製品を用意してくれた。取り外した銀細工は店主に引き取ってもらう。実質その引き取り価格でほとんど無料で作業をしてもらったようなものだ。

長い間扱いなれた装飾は、その腕に抱えた時の凹凸の感触でバランスを測って照準を定めていたところもあるので、なるべく変更させたくはなかったのだ。

「いいのか、ルゥ。その銀細工はこだわって作っていたものなんじゃないのか？」

「ええ、確かにそれはそうなんですが、自分の持ち物であいつを怪我させるわけにもいきませんから」

吸血姫であるラヴィは銀が弱点だ。自分のライフルに施してあった装飾のせいで手にひどい火傷を負ってしまった。幸い火傷はすぐに完治したもののこんなものが家にあったのでは安心して生活も出来ない。

「すまないな。気を遣わせてしまって」

「なんでリンさんが謝るんですか？　これは、ラヴィのためにやったことですよ」

そんなことは聞かなくたってわかる。リンさんは、ラヴィのことを自分のことのように考えている。ただそれだけのことだ。

装飾のすげ替え作業中、リンさんは店内の装飾品を見て回っていた。白いレース編みのドレスを気に入ったらしく随分と食い入るように眺めている。きっとリンさんなら似合うだろう。思えばリンさんはきれいなのにあまり飾りっ気はないのはもったいないくらいだ。

「どう思う？　すこし、派手だろうか？」

「いえ、すごくいいと思います！」

「そうか、ならこれをいただこう」

わりと高価そうなドレスだったが、リンさんは気前よく支払う。

「仕立て直しをしますのであちらの個室で試着してください」

オークの店主が言うとリンさんはそのドレスを俺のほうに差し出した。

「だ、そうだ」

「？」

「奥の部屋で試着してこいと言っているぞ」

「……俺が、ですか？」

「そのために買ったのだ。ラヴィも言っていただろう。ルゥはきれいなのだからもう少し女の子らしい恰好(かっこう)をした方がいい。それに、わたしもこれはルゥに似合うと思ったのだ」

「さ、さすがにそこまで言われると……ことわれ、ないじゃないですか……」


採寸をすませ、仕立て直しは一日で出来上がるそうだ。さすがに腕がいい上に仕事が早い。

それにしても皮肉なものだ。きっとクールなリンさんはこういうデレデレした女の子っぽい衣装なんかよりも、もう少し男勝りな服装のほうがいいと勝手に思い込んでいたのに、ラヴィはまるで違ういかにも令嬢(れいじょう)らしい華(はな)やかなドレスを着ているし、今までの自分はなんだったのかと思うことだってある。

なににせよ、一時期は〝コイツさえいなくなってくれれば〟とさえ思ったラヴィも、最近ではかけがえのない存在に思えてくるようになってきた。ラヴィは、俺の妹になってくロゼッタを見つけ出し、ラヴィの身に迫る危険を取り払わねばならない。そのためには一刻も早く、ロゼッタを見つけ出し、ラヴィの身に迫る危険を取り払わねばならない。

しかし、いくら探しまわってもこれといった有益な情報にたどり着けない。

そのことに気を煩わせているのはリンさんにとっても同じだろう。

「もしかして、魔族の得意な魔術とかいうやつで姿を隠したりなんてしていませんよね？

それをされると、いくら探しまわったところで見つかりっこないっすからね。あ、いや。ラヴィが力を取り戻しつつあるって言うんなら、いっそのことラヴィの魔術で犯人の居場所を見つけられないいんすかかね」

「魔術なんて言ってもそれほど便利なものではないさ。自分も魔術なんて使えないし詳しいことはわからないけれど、なんでもできるというわけでもないらしい。

それに魔術が使えるのは魔族の中でも上級種のごく一部らしく、ラヴィのような吸血鬼ともなればその最上位だ。その伯爵でさえ主に使えるのは変身能力、自然発火能力くらいらしい。あと、並外れた治癒能力も魔術と言えなくもないだろう。その傷の回復能力は魔力に比例されると聞く」

「へえ、変身能力って魔術なんすね」

「ああ。ラヴィに聞くところによると、変身は魔力が低いと扱えないらしい。センスのあるものだと幼少期でもうまく変身できるらしいが、変身状態を安定して維持するのは困難だそうだ。

ラヴィが変身できるようになったのもごく最近らしいし、あいつが魔族として能力が低いというのはやはり生まれつきの原因もあるのだろうな」

「うーん。ローズは……あ、いや、デュラハンのロゼッタって何か魔術とか使うんですかね？」

「デュラハンは中級魔族だ。その体質こそ特殊ではあるものの魔術が使えるというのは聞いたことがない。とはいえ、魔術に関してはいまだわかっていないことがほとんどだ。魔族自身も、なぜ魔術が使えるのかもわからない。人間の中には、魔族の扱う魔術について研究する者もいて、実際に魔族のように魔術を扱うことに成功した例もある」

「え、人間で魔術が使えるやつがいるんですか？」

「ああ、なんでも人間にも生まれつき魔術を使うための魔力を持っている者も少なくはないらしい。単に使い方を知らないだけだという説もある。

それに、サラ隊長やレイチェル達、聖職者が使う『神の治癒』の力にしても、魔術と言えなくはないんじゃないのか？」

「あれは……神に語り掛け、その力を貸してもらうんだってレイチェルは言っていましたよ」

「神、と言われてもね。あいにく自分は神にあったことがないのでね、その存在については半信半疑なんだ」

「でも、『神の治癒』は確かに存在するじゃないですか」

「何をもって、それを神の力だというんだ？　それこそ、人間が気づいていないだけで、それは人間自身の魔術かもしれないし、聖職者たちの言う『神』という存在は案外目に見えない魔族なのかもしれないだろう？　神の治癒の力は、吸血鬼の持つ治癒能力に近い」

「ああ、そんなことはサラ隊長の前では絶対言わないでくださいよ。あの人、というか聖職者の人全体に言えることですけど、やたらと魔族の存在を憎んでいますからね。自分たちの力が魔族のものと同じだなんて聞かされたらきっと激怒しますよ」

「まったく。聖職者というやつはそのあたりも先入観が強くて困るな。きっと、国王カインの魔族との共同生活を受け入れられないと思っている聖職者なんかも少なくはないだろうしね」

「まったくです」

　そしてその日も有力な手掛かりを見つけられないままに日は暮れかかり、俺達は詰所へと戻って来た。

茜色(あかねいろ)に染まる雪の町にたたずむ小さな詰所の建屋。その裏口あたりに夕日のせいで長く伸(の)びた黒い影(かげ)がうごめいていた。

「ラヴィめ、鍵(かぎ)を閉めて外に出ないようにとあれほど言っていたのに」

俺のこぼした愚痴(ぐち)にリンさんは「しっ、静かに」と制止した。

「どうにも様子がおかしい。あの影は、ラヴィじゃない」

息をひそめ、足音を殺しながら静かに近づく。リンさんと二手に分かれ、建屋の裏を両側から挟(はさ)み込む。

「そこで何をしている！」

先回りしたリンさんの声が建屋の裏から聞こえる。それに合わせて回りこみ、相手の退路を塞(ふさ)ぐ。

ゴブリンだ。挟み撃(う)ちにされたゴブリンは素早い身のこなしで生(い)け垣(がき)を登り、その向こうの林に駆(か)け込(こ)む。

ライフルを構え、生け垣に固定しながら狙(ねら)いをすませる。

貴重な情報が得られるかもしれない。決して殺してはならない。

「シュート！」

放たれた弾丸はゴブリンの足に命中。ゴブリンは前のめりに転がるように倒れ込んだ。

リンさんがゴブリンを取り押さえる。

「ここで何をしていた。誰にやとわれた？」

「ぐ、ぐぎぎぎぎぎ」

ゴブリンはそう簡単に口を割ろうとはしない。

「ルゥ。お前は一旦詰所に戻っていてくれ。ラヴィのことが心配だ。こいつの尋問はわたしに任せてくれ」

「ああ、わかった」


「あ、おっかえりー。なーんだルゥか。ねえ、リンは？」

「俺だけで悪かったな。リンさんはまだ少し仕事が残っていてな。すぐに帰って来るよ」

「ふーん。それならいいんだけど、なんか銃声が聞こえたし」

「ああ、うろついていたハイエナを追っ払っただけだ」

「それならいいんだけど……」

なるべくいつも通りに振る舞い、すぐ外に不審者がいたことは伏せておく。ラヴィには
なるべく、そういう血なまぐさいことは知らないでいてもらいたい……と願うのはあまり

にも身勝手だろうか。

「ねえ、ゴハンもうすぐだからさ。先にお風呂入ってきなよ。もう、沸かしてあるからさ」

そんな言葉のやり取りだけなら、なんとなく俺とラヴィが結婚生活を営んでいるようにも感じる。だけど、所詮俺なんてただの厄介者でしかないのだろうけど。

だから、皮肉交じりに余計なことを言ってみたりもする。

「あ、ああ。でも、いいのかな。リンさん、まだ帰ってきてないし」

「大丈夫よ。リンは後でアタシと一緒に入るんだから」

「一緒に、入るのか……あの風呂。そんなに広くないぜ？」

「いいのよ。別にそんなことは。だってアタシ達、結婚しているんだもん」

「はいはい。ごちそうさまです」

ラヴィが、人間の生活における結婚というものが一体どういうもので、それをどこまで理解しているのかはわからない。それでも、彼女がそれを居心地がいいと望むのならば、今はそれを護ってやりたいと思っている。

　風呂に入り、あらためてここにリンさんとラヴィのふたりで湯に浸かっている姿を想像する。やはり、あまりにも狭すぎるようにも思える。

以前にリンさんに一緒に入ろうと冗談めかして言ったこともあるが、あまり嫌そうな雰囲気ではなかった。こっちのほうが気負けしてごまかしてしまったが、案外いやではなかったのかもしれないと思えばいっそ逃げなければよかったのかもしれないと思いつつ、やはりそんな勇気は自分にはないことを思い知らされる。

疲れをいやしてダイニングに戻ると、そこには裸姿のリンさんがいた。

「わ、わ、す、すいません！」

「何をそんなに慌てているんだ？　別に構わないぞ。減るものでもないしな」

相変わらずリンさんは冷静で、しかも合理的である。

「じゃあこれ、袖を通してみてよ」

ラヴィが持ち出した白いドレスのような可憐な衣装にリンさんは袖を通す。

「これは？」

「ああ、これ。リンの新しい隊服だよ。ほら、前に特務隊の白い隊服は重いし動きにくいから好きじゃないってリンが言ってたから、アタシが仕立ててみたの。ねえ、どうかな？」

リンさんはもとより来ていた着流しにも通じるデザインのそのドレスを身にまとい、体を動かしてみる。

「いいな。軽いし動きやすい。それに、サイズもぴったりだ。しかし不思議だな。ラヴィは今まで採寸をしたことだってなかったはずだろう？」

「やだあ。リンったら、何をいまさら言ってるのよ。アタシがさ、毎晩のようにリンの体を触(さわ)りまくっているのって、採寸するためだったんだよ！　単に楽しんでいるだけじゃなかったんだからね」

「はあ、横で聞いているこっちの身にもなってくれよ。アンタ達、毎晩ふたりで何やってたんだよ？」

「うーん。それはさすがに言えないかな？　ルゥにはまだちょっと刺激(しげき)が強すぎるかもだし」

「おい、ラヴィ。ルゥが誤解するようなことをいちいち言うなよ」

「ええ、いいじゃないちょっとくらい誤解してもらったほうがー」

「まったく、聞いているだけで呆(あき)れるよ」

「なによ。嫉妬(しっと)してるの？」

「別に、嫉妬なんてしてないさ」

　嫉妬をする必要はない。自分にはリンさんに買ってもらったドレスがある。が、今はそれを言わないことにした。突然(とつぜん)ドレス姿を見せておどかしてやるのもいい。

「そう言えばルゥの隊服は本部で作ってもらうんでしょ。高いやつ」

「ああ、あれなら作ってもらうのはやめたんだ。銀を織り込んだ隊服はラヴィが触れないだろ」

「え、なになに？　それってアタシのためを思ってってやつ？」

ラヴィの顔が少しだけほころんだ。それがかえって恥ずかしい。

「ち、ちがうよ。ラヴィが洗濯してくれないと、匂いが気になるだろう？　そしたらリンさんに嫌われるかもしれないからだよ」

だけどラヴィは納得していない様子でニヤニヤしながら言う。

「はいはいそういうことにしておいてあげますよーだ。そこまで言うならルゥの分も仕立ててあげないことはないけど？」

「ああ、せっかくだけどそれも間に合ってる。実は……いや、なんでもない」

――危なく言ってしまうところだった。

「なによ、にやにやしていやらしい」

翌朝、出発する前にラヴィにしっかりと戸締りをして決して中に誰も入れないように釘を刺してから出発する。

リンさんはラヴィの仕立てた新しい隊服を着ている。白銀の町に凛々しく立つその姿はさながら天使のようですらある。

道中でリンさんに昨日のゴブリンのことを聞いてみた。詰所の中だとラヴィがいるので聞きにくかった。彼女に余計な心配はさせたくない。

「少々厳しく問い詰めたんだがな。とうとう口を割らなかったよ。おそらく本当に何も知らなかったんだろうな。裏の仕事を請け負うギルドから報賞金が出ているらしいが、依頼主は誰だかわからないらしい。今日はそのあたりを調べてみようと思う」

件のゴブリンが最終的にどうなったのかは聞きそびれた。リンさんのめずらしく理性を欠いたような物言いに少し恐ろしくて聞けなかったのだ。

ゴブリンが依頼を聞いたという情報屋の正体はすぐにわかった。先日酒場で出会った情報屋のインプの協力もあり、そこまではすぐにたどり着いたのだが、元となる依頼主にはどうしてもたどり着けない。いくらたどろうとしても結局堂々巡りとなって行き詰まってしまう。犯人にたどり着く決定打がほしいところだ。

一通り巡回を終えて、詰所に戻る前に件の装飾店に向かうことにした。昨日のドレスが出来上がっているはずだ。

試着室でドレスを身に着ける。サイズもぴったりで思った以上に動きやすい。戦場で身にまとう衣装としても悪くないのかもしれない。そしてそれ以上に、リンさんの新しい隊服とのバランスがいい。まるで並んで立つことを前提として作られたかのように意匠も似ており、彼女のパートナーとしては申し分ないドレスだ。もしかするとリンさんも、それを考えたうえでこのドレスを選んでくれたのかもしれない。

試着室を出て、リンさんにお披露目。

「いいな。すごく似合ってる」

その言葉に気を良くしてその場で一周回ってみる。ドレスのすそがふわりと持ち上がり、今までにない感覚に思わず赤面してしまう。

「だがな――」とリンさんは言う。「そのドレスにはいつもの鳥打帽が不釣り合いだな」

「あ、いや。でも、これは仕方ないっすね。この帽子がなきゃ、ライフルの照準を合わせにくいんです」

「そうか、それならば仕方ないな」

「へへ、すいません」

それに、詳しくは言えないが、この帽子にはもうひとつ別の有用性もあるのだ。

「ならば、これならばどうだろう？　これならば狙撃の邪魔にはならないだろうし、そのドレスとの相性もよさそうだ」

　彼女は赤い珊瑚のイヤリングを差し出した。このお店で売っていたものだ。着替えている間に購入したのだろう。

「これは」

「気にするな。ルゥにドレスを買ったかわりにラヴィにもなにかと思っていたら目についたのだ」

　その赤い珊瑚のイヤリングを着ける。フリルのついた白いドレスにその赤がよく映える。

「うん、よく似合っているよ」

「あ、ありがとう、ございます」

　照れを隠すように、鳥打帽を目深にかぶる。

　この格好で詰所に帰ると、ラヴィは驚くだろうか？

　ラヴィがリンさんのためにと仕立てたドレスとまるでつがいのようなこの衣装にラヴィは嫉妬するかもしれないなどと想いを馳せながら帰路へとつく。

　日は沈みかけ、詰所へと戻る道すがらに警備本部の兵士が俺達を見つけて駆け寄ってきた。

「ハア、ハア。ようやく見つけましたよ。大変です。大変なんですよ」

兵士はずいぶんと慌てている様子。しかしリンさんは相変わらず冷静だった。

「どうした、そんなに慌てて。落ち着いて用件を話せ」

「は、はい……それが……燃えているんです」

「燃えている？」

「火事です。詰所で火事が起きているんです。そ、それで……中にはまだ人がいるようなのですが……内側から鍵を掛けられていて中に入れず……」

「な、なん……だと……」

血の気の引いたような顔色だった。周りに目もくれることなくまっすぐ走り出したリンさんを追いかけ、詰所にたどり着いたころには、すでに消火作業が終わっていた。

白い雪に包まれた町のはずれに、黒く燃え残った建屋の残骸は見るも無残な姿になっていた。

今日の朝まではダイニングだったその場所に、いつもラヴィの笑っていたはずのその場所にひざまずき、うつむいたままで奥歯をかみしめているリンさんの姿があった。

煤だらけになったその手に握りしめられているのは焼けただれた赤い布の切れ端。

――いつもラヴィの着ていた紅いドレスの端切れ。

ラヴィの姿はどこにもない。

リンさんは隣に歩み寄った俺のことを見上げることもなく、ずっとドレスの切れ端を握りしめてうずくまっている。

彼女のこんな姿を見たのはこれが初めてだ。

かける言葉も見つからず、あたりを見渡し、苦し紛れに言葉を絞り出す。

「まったく。ラヴィのやつどこに行ったんだよ。火の不始末をしておいてどこかに逃げるなんて、今度見つけたらただじゃおかないからな……」

言いながら、頬に一筋の涙がこぼれた。これは悔しさからなのか、悲しさからなのか。あるいは怒りなのかもしれない。浮かれてドレスなんて取りに行かなければ、事件は未然に防げていたかもしれないというのに……

いやそんなことはどうだっていいんだ。俺達の住む家に、疲れをためて帰るその場所に、いるべきはずのラヴィがいないということが、どうにも我慢ができないという、ただそれだけのことなのだ。

リンさんは何も答えない。そこに静かに近寄る人影。法衣に身を包んだ凛々しい女性。

警備隊長のサラ・クラフトは現場検証を行い、すべてを悟ったように言う。

「ラヴィアは吸血姫だ。死ねばその体は灰と消えてしまうだろう。焼け跡に遺体がないのはそのためだ。現に、彼女の身に着けていた衣服の一部は焼け残り、そのあたりに散乱している。ラヴィアが、どこにも逃げず、ここで焼け死んだという証拠だ。魔力の強いブラム伯爵であれば死してまた生き返ることも可能だろうが、魔力の未成熟なラヴィアではそれもかなうまい」

――まったく。気の利いた言葉一つ掛けられない無能な上司だ。そんなことは百も承知だ。そのうえでこっちも言っているのだ。だがしかし――

「サラ隊長。遺体が見つからないなら死んだのか逃げたのか判別がつきません。現場から逃げてどこかに身を隠しているかもしれません。すぐに捜索隊を手配してください」

「ルゥ。君の気持ちもわかるが、もっと現実を見つめるべきだ。最初に火災を発見した兵士の証言では、まだ建物が全焼するよりも以前、炎に包まれている状態の時、玄関と裏口共に鍵がかかっていた。そのまま消火作業が始まり、消し終わるまでに誰一人として建物から出てきたものはいない。

それに見たまえ。焼け残った扉からもわかるように、どちらも鍵は内側から掛金がかけられており、火災時この建屋は完全に密室だったと言える。中にラヴィアがいたのは間違いないだろう。それに、窓という窓もすべて鍵がかかっているのを確認している。たとえラヴィアが蝙蝠に変身したとしても、鍵のかかっている窓から逃げたとは思えない。蝙蝠になって煙突から逃げた、という可能性もないだろうね。火災の原因は暖炉にあり、事件当時火のついていた暖炉から逃げるのは不可能だ」

「で、でも、火事が起きたんなら普通外に逃げるでしょう」

「それについては、おそらくこれじゃないか」

サラ隊長は裏口付近にある木切れの燃えカスを差し示す。

「これは裏口の建屋の裏に置いていたはずの、かまどにくべる薪のケージではないのか？　これが裏口の戸の前に置かれていた。これは逃げ道をふさぐ手段として用いられ、同時に犯人が屋根に上るための足掛かりにも利用されたのだろう。これが邪魔をして力の弱いラヴィアでは、内側から扉を開けられなかったんじゃないのかな？　さらに玄関口には外側から楔を打ち込まれたような跡がある。ラヴィアはあらかじめ逃げ道をふさがれていたのだ」

「いや、待ってくださいよ。その扉の外に置かれた薪って、いったい誰が？」

「これはね、火災事故というよりは明らかに放火殺人なのだよ。見たまえ、ここに落ちている樽の破片を。これの中身が何だったのかわかるか？」

火災に巻き込まれて燃えた小さな樽の残骸。俺は人よりも嗅覚が鋭いのでそれがなんであるのかすぐにわかる。

「灯油だよ」とサラ隊長は言う。「おそらく犯人は屋根の上に登り、煙突からこの灯油を一気に流し込んだんだ。部屋中に炎が一気に燃え広がり、ラヴィアは逃げる暇さえ与えられなかったのかもしれない。しかも犯人は、ここにいるのが人間なんかではなく、吸血鬼の娘だと知っている者の犯行のようだ。犯人は確実に、吸血鬼であるラヴィアの命を狙ったに違いない」

「それは、どうして……」

「この部屋の中を見たまえ。部屋中に広がる無数の粉末、これの意味が解るか？」

「これは……」

「この粉末は銀だよ。おそらく灯油を流し込む前に煙突から暖炉に向かって投げ入れていたんだろう。その後に注いだ灯油で暖炉の火は爆発。それと同時に部屋中に銀の粉末がばらまかれた。普通の人間であればたいした問題ではないかもしれないが、相手が吸血姫となればその効果は絶大だ。銀が全身をむしばみ、炎に包まれる室内で逃げる力さえ残されていなかったかもしれないね。つまり、犯人はここにラヴィアがいることを知り、ラヴィアの命を奪うことを目的としていたんだ。

ならば、その犯人が、いや、犯人の後ろにいる黒幕が誰なのか、わからないわけではあるまい」

サラ隊長の言いたいことははっきりとわかる。

ラヴィは自分の意志でここに住んでいたのだけれど、それは人間を敵対視している一部の魔族からしてみれば別の景色にも見えることだろう。

つまり、人間の警察にとらわれていたラヴィが鍵のかかった家屋に閉じ込められた状態で火をつけられる。つまり、魔族の姫が人間の手によって殺されるという事件が発生したのだという見方もできるというわけだ。

事実がどうかなどというそんなくだらないことはこの際なんでもいい。

要するに、ブラム伯爵がこの町にいる人間に対し宣戦布告をする大義名分ができるならばそれで目的は達成できたということなのだ。


リンさんが、すっとその場に立ち上がる。

その手には、しっかりと紅いドレスの切れ端が握りしめられ、小さく震えている。

「サラ隊長。今からすぐにブラム伯爵を討伐しましょう」

リンさんはサラ隊長をにらみつけるようにして言い放つ。

「時は一刻を争います。相手が、大義名分を掲げて全面攻撃を始めるよりも先に、こちらから打って出る必要があります。今すぐ、逮捕状を取ってください」

「無茶を言うな。我々にはちゃんと法律というものがあり、手続きが必要だ。それに、ブラム伯爵をとらえるというならば、抵抗されることを考慮して、こちらもそれなりの戦力を用意せねばならん」

「そんなものは必要ないです。そのための特務隊ですから……自分と、ルゥがいればそれで十分。相手が戦力を整える前に身柄を確保します。隊長は、あとの事務処理をお願いできますか？」

「ああ、そこまで言うなら任せよう。どのみち私は契約があるのでブラム伯爵とは直接対峙することはできない。ここは、特務隊に任せることにしよう」

「ありがとうございます」

リンさんは俺のほうを見つめた。

「ルゥ。準備はできているな」

「はい」

「ラヴィの弔い合戦だ」

ブラム伯爵の館に到着したとき、すでに紅い月は真上にあった。欠けた部分のない完全な月だ。その月は夜道を明るく照らしてくれるが、同時に吸血鬼の魔力も最大限に高めてしまう。

特務隊とは言えこちらはたったのふたり。その戦いは無謀としか言えないのかもしれない。だが、そんなことは関係ない。ラヴィの、無念は晴らさずにはいられない。

夜間だというのに、館には守衛の一人さえいない。今は戦時中ではないにしても、伯爵の邸宅にしてはあまりにも無防備すぎる。あえておびき寄せるための罠なのか、あるいは警護など必要ですらないのか。ラヴィが言っていたのは、戦争が終わると同時にほとんどの召使さえも解散させたのだとか。

実質的に人間の支配下にあるこの町では、伯爵とは言えどもそれほどまでに困窮しているのかもしれない。それならば、大義名分を掲げて謀反を企てることも頷けないわけではないが……

玄関のドアをノックして、まるで待ち構えていたかのように扉は開かれた。以前にも会った執事がエントランスホールに案内する。

「こちらでしばらくお待ちください」

　エントランスホールは広く、天井には豪奢なシャンデリアがぶら下がる。更にその上の天井にはステンドグラスの天窓があり、その向こう側には鮮やかに彩られた満月の輪郭が見える。執事は正面の階段を昇り、二階の扉が開かれた。

　ブラム・フォン・ルベルストーカー。凛々しく威厳のある伯爵がひとりで現れる。

「セバスは奥の部屋に入っていなさい。すべてが終わるまで、そこから決して出ないように」

　伯爵は執事にそう告げ、執事が奥の部屋に入るのを見届けるとゆっくりと階段を降りてきた。伯爵自身が『すべてが終わるまで』という言葉を使っていたということは、それなりに今から起きる出来事について想定していると考えていい。握った拳に、汗がにじむ。

　ある程度の間合いを取った場所で伯爵は立ち止まる。それは、構えたと言っていい。ライフルを肩から降ろし、両手に身構える。

「ブラム・フォン・ルベルストーカー伯爵。貴公にはラヴィア・フォン・ルベルストーカー殺害指示の容疑がかかっている。おとなしくご同行願いたい」

「ほう、なにを証拠にそのような嫌疑がかけられているのかね」

「証拠などどうでもいいことだ。素直に命令を聞けばそれでいい」

いつも冷静で理論的なリンさんにしてはあまりにも横暴な物言いだ。

「証拠もなく命令に従えとは、さすがに聞きいれるわけにもいかんな。どうしてもというのならば、それなりに抵抗させていただく」

「それは結構。存分に抵抗していただいた方がこちらにも大義名分が立つ」

リンさんはミスリルブレイドを抜き、伯爵に対して正面に構える。戦闘は避けられない。もとより、初めからそれを避ける意思など互いにない様子でさえある。

「推して参る！」

伯爵めがけて一直線上に駆ける。近接して踏み込むと同時、右上に振りかざした刀を袈裟切りに振り下ろす。

が、次の瞬間。伯爵の姿は消えていた。『空間転移』とでも言うべきか。上級魔族の扱う魔術はそれを扱えない人間にとっては御しがたい。

伯爵は上空。天井付近に転移していた。両腕の爪を立て、そのまま自由落下で真下のリンさんへ襲い掛かろうとする。その位置へ、ライフルの銃口を向ける。

重力ほど安定したものはない。自由落下であればその落下位置は容易に予測可能で、身動きのとりにくい落下中であれば外すことはない。

空気を切り裂く発砲音と共に金属の弾丸が伯爵めがけて向かう。しかし、それはまっすぐな軌道を描くことなく不可解に曲がり、シャンデリアのクリスタルが砕け散った。

下で伯爵の落下に合わせて切り上げようと構えていたリンさんの視界は砕けたシャンデリアの光の乱反射のせいで定まらない。太刀筋を止め、防戦に回るしかなかった。

後ろに下がりながら、襲い掛かる爪を刀ではじく。

本来ならば、ミスリル銀の刀身ではじいた吸血鬼の腕はひとたまりもなく焼き切れてしまうだろう。しかし、伯爵の腕は襲い掛かる刃を何事もなかったようにはじき返す。まるで、その腕自体が鋼鉄でできた塊であるかのように、精銀の刃を受け付けない。それは伯爵の魔力による障壁のようなもののせいなのか、だとしてもその力はあまりにも強大だ。満月という相手にとっての好条件が、それほどまでに作用しているのかもしれない。

リンさんと伯爵との攻防は一進一退、互いに引けを取ることもなく切り結んでいる。俺は、ライフルを構えたまま相手の隙を窺い続ける。

伯爵には弾道を変える力がある。リンさんとの近接状態では曲げられた弾丸がリンさんに襲い掛かるとも知れない状態で迂闊に手を出すこともかなわない。

伯爵の大きく振りかぶった攻撃にリンさんはひるみ、そのままに、数歩後ずさる。ふたりの距離に間隔があいた瞬間を狙撃する。それに気づいた伯爵がこちらに視線を向け、手のひらをかざすと弾丸は失速して地面に落ちる。その隙に、リンさんが切りかかる。

その斬撃は、伯爵の上腕を大きく切り裂いた。真っ赤な血しぶきが上がり、リンさんの真っ白なドレスに返り血を浴びせた。

どうやら、同時に複数のバリアを張ることはできないらしい。ならば、戦略は簡単だ。リンさんの動きに合わせて同時に攻撃を仕掛ければ、伯爵はどちらか片方しか攻撃を防げないのだ。

ライフルに次の弾丸を装塡しながらエントランスホールを走り、大きく迂回する。同時にバリアを張られないように、なるべく伯爵を挟み、リンさんの反対側へと位置取りをする。しかし、それは迂闊な行為だったかもしれない。

振り返った伯爵は、ターゲットをこちらに切り替えた。目にも留まらぬ速さで接近し、爪を立てて襲ってくる。両腕で押し出したライフルの銃身で一撃を弾くのがやっとだ。

次に襲い掛かる一撃をどうかわしていいのかを考える。

伯爵の視線がこちらに向けられ、その眼光が怪しく光る。その瞬間に、体が硬直して身動きが取れなくなってしまう。振りかぶる伯爵の腕、その爪の先端に自分の命の終わりを感じた。

次の瞬間に体が吹き飛ばされる。素早く駆け付けたリンさんの体当たりで横に大きく飛ばされ、リンさんのミスリルブレイドがその腕をはじく。続けざまに襲い掛かる伯爵の爪。

構えた刀を出しかけて引いたリンさんはその爪を避け、そのまま半回転をしながら白く長い脚が宙を舞う。精銀の刀身ばかりに気を取られていた伯爵の横顔に、リンさんの回し蹴りが炸裂する。

伯爵はバランスを崩した。かつてない隙だった。

その好機を逃す俺ではない。

「シュート！」

装塡された弾丸が、バランスを崩した伯爵の左胸を貫いた。

けたたましい伯爵の断末魔の悲鳴と共に、伯爵の体は灰へと姿を変えた。

ラヴィの敵は取った。しかし、これで本当に良かったのかという疑問も残る。

ラヴィを暗殺するように命じたのが伯爵だったとして、実行犯であったロゼッタの行方は依然不明なままだし、それらの確固たる証拠も見つかっていない。

しかし、伯爵令嬢であるラヴィがいなくなり、その父である伯爵もいなくなった。そうなれば、この町のパワーバランスは大きく人間へと傾くことになるだろう。

そうなれば一見して平和に感じるかもしれない。しかし、そのことに不満を感じる魔族たちが、次なる事件を起こすとも限らない。我々の仕事が楽になることは当分ないだろう。

ところで、町の形式上の自治権を有していた伯爵の代わりは、いったい誰が担うようになるのだろうか？

事実上人間の支配下にあったと言えなくもないこのシルバニアの町の実権を握っていたのは警備隊長であるサラ隊長ではあったのだが……

屋敷の玄関の扉が開いた。やってきたのはサラ隊長である。護衛として、全身甲冑の騎士が後ろにいる。フェイスガードまでしっかり降ろしており表情すら見えないが、その微動だにしない無機質な印象に表情の薄さが透けて見えるようだ。


「さすが特務隊だ。お見事だった」

「サラ隊長、いらしていたんですね」

「ああ、外から陰に隠れて君たちの活躍を拝見させていただいた。本心では加勢したかったのだが、契約がある以上わたしはブラム伯爵に手出しはできないのでな……」

「それは致し方のないことです。それより、ブラム伯爵が黒幕であったことを証明できる手立ては付きましたか？」とリンさんは聞く。「ブラム伯爵は自分たちの手で亡き者にしました。大義名分が立たねば我々こそが逆賊になりかねませんので」

「心配は無用だ、どうにでもするさ。館を調べれば証拠となるものの一つやふたつどうにでも見つかるだろう。それに、リンには今後警備隊長の座を譲るつもりでいる。逆賊になどなることはないよ」

「自分が、警備隊長にですか？」

「それが適任だろう。わたしはこの先、不在となってしまった領主の代理としてやらねばならないことがあるのだ。引き受けてくれるな」

「はい。もちろんです」

リンさんは出世をした。そして、実質サラ隊長も出世をしたのだと考えていいだろう。その結果については少し胸がざわつくところもある。

サラ隊長と護衛の騎士はまっすぐに奥の壁まで歩いていき、エントランスに掲げてある全身ほどあるブラム伯爵の肖像画をはずし、床へと放り投げた。更に肖像画の掛けてあった場所の左にある鹿の頭部の剝製の角を手荒く握ると、ぐいぐいと二回に分けて右へ回し、今度はまた左へ二回、そしてまた右へ一回、鹿の首を回転させた。

次に肖像画のあった場所の右側、獅子の頭部の剝製の鼻頭を荒くつかみ、左へ二回、右へ一回、そしてまた左へ三回、回転させる。

ゴゴゴゴゴという低く響く音と共に、中央の、先ほどまで伯爵の肖像画の掛かっていたあたりの壁が左右に割れて、地下へと降りる入り口が現れた。いわゆる隠し通路というやつだ。

サラ隊長はほくそ笑み、その通路に一歩足を踏み入れたところでこちらを振り返る。

「なんだ。まだそんなところにいたのか？　今日のところはもう帰ってもいいぞ。証拠は、わたしがどうにかしておいてやる」

その言葉を聞いたリンさんは、ゆっくりとサラ隊長のほうへと歩み寄っていく。

「そういうわけにはまいりません。自分の本当の仕事は、まだこれからですから」

護衛の騎士が歩み寄ってくるリンさんを警戒して間をふさぐように立つ。

リンさんはそんな騎士のことなど見えていないかのように言葉を継ぐ。

「そんな隠し通路のありかを、サラ隊長はよくご存じで……」

「こう見えても警備隊隊長なのでな、それなりには調べてあるさ」

「ふん、よくもまあ、調べているなどと偉そうなことを……どうせ伯爵の元家臣からでも聞きだしたのでしょう。ロゼッタ……ローズと言ったほうがいいのかな？　あいつの持ってきた情報を聞いただけのことでしょう？」

刀の鞘に手をかけるリンさん。護衛の騎士は素早く前に出て、剣を抜こうとする……が、そんな暇さえ与えない。

目にもとまらぬ速さで鞘から精銀刀を抜き、それとほぼ同時に騎士の首が宙を舞った。

いや、正確に言うなら騎士の首の上に乗った空の兜が宙を舞ったのだ。

空っぽの兜が床に落ち、ガランと軽い音が鳴る。騎士はそのまま二歩ほど後ずさり右手で剣を抜く。左手を腰から提げた袋に伸ばし、そこから生首を取り出した。その首がロゼッタ、あるいはローズの顔であることは言うまでもない。

「ローズ、やはりお前が犯人だったのだな。そしてサラが黒幕というわけか」

「ほう、ようやく気付いたか」

「ようやく……でもないさ。だいぶ以前には怪しいとは思っていたのだが、なかなか尻尾をつかませてはくれなかったのでな」

――今から思えばあの時、リンさんとラヴィがふたりでロゼッタの小屋に向かうと言った時、俺には事情をサラ隊長に報告してくれと言われたのだ。そして、その後「隊長がどう動くのかをしっかり見ておいてほしい」と言われていた。

サラ隊長はすぐさま密偵を呼び、何らかの指示を出している様子だった。

その後、リンさんはロゼッタの小屋で罠にかけられ襲われた。おそらくあれは、報告を受けたサラ隊長がどう出るかを見ていたのだろう。そして案の定罠にかけられ危険な目に遭った。

今にして思えばリンさんの行動はあまりにも無謀だ。あの時助けに来てくれるものがいなければ、確実にあの場所でふたりとも死んでいたに違いないというのに……

「それで？　わたしが黒幕だとわかったところで、お前はどうしたいのだ？」

「無論。警備隊隊長として、町の治安を乱した貴様を逮捕する」

「ははは。これは傑作だ。早速隊長気取りとはな。だがな、言っておくがわたしを捕らえたところで何の得にもならんぞ。お前は、この秘密通路の先に何があるか知らんからそういうことが言えるのだ」

「なにがあるというのだ？」

「神だよ。神がこの地下には眠っておられたのだ。伯爵はそれがご神体であることにすら気づかず、この場所を封印していたのだ。まったく馬鹿な話だろう？」

「すまんな、自分はあいにく無神論者でな」

「ふん、信じるか信じないかなどそんなことは些末なことだ。

だが、いいことを教えてやろう。なぜ、魔族などというものがこの世界に存在するか知っているか？　魔族というものは人間と違い、魔術を使う。魔術とはいったいなんだ？

それを考えたことがあるか？」

「興味がないな」

「これだから無知は困る。いいかい、魔族の持つ魔術とは、神の力なのだよ。魔族はそれを理解できず、神の力をうまくコントロールできないがために人間の形を維持できず、異形と化した化け物だ。ヴァンパイアなぞはこの地にご神体が眠っているからこそその力で高い魔力を得ているのだというのにそれすら理解できずに封印しているのだから甚だおかしなものだよ。

それに対し、わたし達聖職者というものは、神のお力を正しく理解し、その恩恵にあずかり神聖魔法を使えるのだ。つまりだね、高官の聖職者であるわたしがこの地下にあるご神体に触れてその正しき力を得ることができれば、人類皆を神のお力で救済できるのだ。ようやくこの世界に、真の平和が訪れるのだよ」

「くだらんな。あいにく自分には真の平和だとか神の救済だとかは興味がない。ただ、魔族も人間も、互いに尊重しあって暮らせる世界が見たいだけだ。お前のように、魔族を失敗作のように卑下する輩のいない世界だ」

「ふん、愚民の思想などどうでもいい。わたしは、神の力を手に入れるだけだ」

サラ隊長は踵を返し、地下通路へと降りていく。

「待て！」

追いかけようとするリンさんの進路をロゼッタが塞ぐ。どうやらただでは通してくれそうにない。

俺はライフルを構え、ロゼッタに照準を合わせる。

「本来の主君であるブラム伯爵を裏切り、ラヴィを騙し、自分たちも騙していたお前を、許してやるわけにはいかない」

「別に誰かに許してもらおうなどと甘えたことは考えていない。自分のためにやっただけだ」

「聞いておこう。ローズ、お前の目的はなんだ？　魔族の身でありながらわざわざ人間側につき、混乱を起こそうとしている。お前にいったい何の得があるのだ」

「それは、この地下に何があるのか知らないからそう言えるのだ。わたしはこの世界の真実に触れた。そして、何が必要なのかを悟っただけに過ぎない。この地下には神がおられるのだ。伯爵はその力は封印しておくべきだと言ったのだ」

「それで、伯爵を、ラヴィを裏切ったのか？」

「裏切り……裏切りなどではないさ。これこそが最も正しい方法なのだよ。

教えてあげよう。人間たちの呼ぶ神という存在が、我々魔族が邪神と呼ぶクトゥルーと同じ存在だということを。神がこの世界で力を解放すれば、聖職者の魔力が飛躍的に上昇するだろう。だが、それと同時に我々魔族の力も増大するのだ。

これがどういうことかわかるか？　今、この世界では魔族が人間たちに支配されてしまっている。だが、クトゥルーの力がよみがえれば魔族の力が増幅し、人間たちの支配を覆せるのだ」

「そんなことをすれば、また大きな戦争になるぞ」

「望むところだ。次は、間違いなく我々魔族が勝利する」

「そうか、ならば貴様とは相いれないな。自分も今の人間が魔族を支配するという形が正しいとは思っていない。だが、それは法によって正していくべきことだ。再び戦争を起こし、多くの犠牲の上に成り立つ平等を、わたしは望んではいない。ましてや……そのためにラヴィをその贄にしようとしたお前をわたしは絶対に許さない」

「犠牲なくして正義は語れんさ。お前も犠牲となってその礎となれ」

ロゼッタの大剣がリンさんに振り下ろされる。しかし、動きの素早いリンさんにとってそれをかわすことができないわけでもない。リンさんの精銀の刀は素早く斬撃を繰り出す。動きこそはそうではないものの剣の腕ではロゼッタも負けてはいない。次々と打ち付ける斬撃を的確に打ち返す。

しかし、その動きこそはそれほど鋭敏なわけではない。一対一ならともかく、リンさんの剣戟をはじくことで精いっぱいのロゼッタにとってそれは格好の標的でもある。

ライフルを構え、一、二発と連続で狙撃した弾丸は見事にロゼッタの左胸に命中する。

が、しかし。その重厚な鎧にわずかな窪みをつけることが精いっぱいで、致命傷を与えることはできない。

見ればリンさんの斬撃も手数の上でロゼッタを上回り、その攻撃を命中させているにもかかわらず、厚い鎧に阻まれて致命傷を与え切れてはいないようだ。それに対し、もしあの重いロゼッタの一撃を食らってしまえば、間違いなく一撃のもとに致命傷をこうむることになるだろう。だとすれば、自分の行動が勝敗を分けるカギとなるかもしれない。

ライフルの弾丸は通用しない。ならば、できることはあまり多くない。

ロゼッタの後方に迂回し、隙を突いて体当たりをする。しかし、その体は異常に重い。自分なんかの体当たりではビクともしない。そこにロゼッタの肘打ちを受け、体勢を崩す。ロゼッタは振り返り、ターゲットをこちらに変えた。振りかぶる剣の切っ先に覚悟を決めざるを得ない。

素早く俺とロゼッタとの間に駆け込むリンさん。無理な体勢でロゼッタの剣戟をはじき、俺のことを助けるが、その瞬間に体勢を崩す。ロゼッタはそこに連撃を繰り出し、体勢を整えきれないリンさんの形勢が不利になってしまう。もはや手段は選んでいられない。

ライフルを構え、天井のステンドグラスを撃ち抜く。

幾千もの破片となった色とりどりのガラス片がロゼッタのもとに降り注ぐ。重厚な鎧に身を包むロゼッタはそれを気にする様子もなく、割れたステンドグラスの向こうの空に高くそびえる紅い月の存在も、天蓋の縁に立つ、純白のドレスに身を包んだ銀髪の吸血姫の存在にも気づいていない。

　ステンドグラスの破片の後を追うように天蓋から飛び立ち、まっすぐに降りてくるその姿はまさに白い天使そのものだ。

　油断しているロゼッタに落下速度を加えたかかと落としを炸裂させる。

　それでもなおロゼッタは倒れない。怯んだところに純白の吸血鬼は二発、三発と掌底を加え、バランスを崩したところに回し蹴りを打ち込み、重厚なロゼッタは数メートル吹き飛ばされる。その鎧には、数か所の陥没が見受けられる。

　生きていたのか、という驚きよりも、その身体能力の高さに驚かされる。俺の知っているラヴィじゃない。

「ラヴィ！　お前、生きていたのか！」

「え、なにそれ？　ったり前じゃない！　リンから何も聞いていなかったの？」

　リンさんに視線を移す。

「敵を欺くにはまず味方からだ」

「ひっどいなあ……」

ロゼッタが、重いからだを引きずりながらゆっくりと立ち上がる。

「悪いわねロゼッタちゃん。でも、これはアタシを陥れようとした罰よ」

「……ラヴィ、いつの間にこんな」

「まあ、最近のアタシはちゃんと吸血しているからね。少しずつだけど、本来の吸血鬼としての力が戻ってきているみたい」

ラヴィに向けて剣を構えるロゼッタ。

「バッカねえ。さすがにロゼッタちゃんでも、三対一で勝てるわけないじゃん」

「く、そんなのはやってみなければ……」

俺はラヴィの元へ近づき、ライフル銃を渡す。

「こんな奴に三人も必要ない。ラヴィとリンさんは地下に急いでくれ」

「え、でも……」

「一刻を争うかもしれない。それに俺が、この状況で負けるとでも思っているのか？」

ラヴィは空を見上げ「そりゃ、そうだね」とつぶやく。

「リン。急ごう！」

地下の入り口に向かうリンとラヴィを護るように、ロゼッタの動きを牽制する。

　ようやく、ロゼッタとふたりきりになった。

「気でも触れたか？　ルゥ、お前ごときが私にタイマンで勝てると思っているのか？　まして や、ライフルすらラヴィに渡して無防備なお前に？」

「ローズ、お前を相手するくらい素手で十分なんだよ」

「虚勢(きょせい)を張るのはよせ。お前ごときがどうやって戦うつもりだ？」

どうやって
戦う？

まだ、
気づいて
いないのか？

俺の正体に？

考えてみればわかることだ。

なぜ、俺がこれほどまでにリンさんに対し憧(あこが)れているのか。

なぜ、ラヴィは俺の血を飲んだ時にマズいと言ったのか。

なぜ、俺の嗅覚(きゅうかく)が人よりも鋭(するど)いのか。

あの時ラヴィは俺の血が純潔ではないからマズイと言った。

『ジュンケツでなくて何が悪い』などと俺は言い返してしまったが、あの時自分は勘違(かんちが)いをしていた。

ラヴィが、俺のことを純血ではないと言ったのだと思ったのだ。

ラヴィは俺の正体について気付いているようだ。

吸血姫としての本来の力を取り戻しつつある彼女は、俺の体に流れる血の匂いを嗅ぎ分けられるようになっているのだろう。

ラヴィは空を見上げて言った。

「そりゃ、そうだね」

天蓋をふさいでいたステンドグラスが割れて、このエントランスホールに降り注ぐ紅く輝く満月。

それが、俺の力を最大限に引き上げてくれるのだ。

伊達に、『金狼』の異名を持つわけでもない。

「ふん、調子に乗るなよ」

素早く繰り出されたロゼッタの剣戟を颯爽とかわす。この状態の俺の瞬発力を甘く見ないでもらいたい。

あまりの速度に鳥打帽が煽られ空中を舞った。

「なんだ、その頭は？　ふざけているのか？」

「失礼だな。別にふざけているわけじゃない。これは自前なんだよ」

頭部の金髪から生える、獣の耳。体の中で、最も敏感に満月に反応してしまうから、俺は人から見つからないためにも帽子をかぶる必要があった。

「アウォォォォォオオオオン！」

月に向かい遠吠えがこだまする。

俺の中の獣の血がうずく。全身に力がみなぎり、筋肉が増強される。細い手足はたちまち太くたくましい隆々とした筋肉に包まれる。膨張する筋肉と共に白いドレスは内側から引き裂かれた。

全身が金色の体毛に包まれ、口と鼻先が伸び、牙が剝かれる。

ライカンスロープ。半獣、半人の魔族。狼女。


幼いころはその素性を隠し、狼女の母と共に人間の村で育った。父はいなくなり、母親との二人暮らしは貧しいものだったが、そんな俺に人間の友達ができた。

友達と言えるのはリンちゃんと、愛犬のリンクスぐらい。

リンちゃん、というその友達は貧しい俺とも分け隔てなく仲良く接してくれた。

彼女は相手がどんな生き物でも差別するような子じゃなかった。

俺は、彼女のことが大好きだった。

でも、自分が狼女だと知ったらさすがに嫌われるだろうか？　そんな心配もまた、絶えることもなかった。

そんな心配もあって、ある夜寝付けなかった俺は一人家を抜け出し、夜道を散歩していた。

そして、家が、燃えていた。

俺の家を村のみんなが囲み、火を放ったのだ。理由は、俺達親子が人狼だったから。

燃えた家の中から、母と愛犬リンクスの遺体が出てきた。

家族を失い、家を失った自分は孤児となり、村を離れて新たに生きる道を探した。

決して人狼であることを人間に悟られてはいけない。その人生に職業の選択は難しい。

必然的に傭兵の仕事をこなすようになり、その名を上げた。

今にしてみればわかる。この正体、リンさんにだけはさっさと打ち明けてもよかったのではないかと。

彼女は人間だとか、魔族だとかそんなことを気にすることもなく、接してくれる人だ。

もっと早くに打ち明けてさえいれば、リンさんとの関係性はもしかすると……いや、やめておこう。リンさんはすべての種族が平等に生きられる世界を望んでいて、ラヴィはそれを実現させる求心力を持っている。

そのふたりの望む世界は俺の望む世界でもある。

今の俺にできることは、世界を変え得るふたりを支援し、護る楯となることだ。

「人狼……まだ、生き残りがいたのか。しかし、それも今日で絶滅だな」

ロゼッタが剣を構える。

「絶滅するのはデュラハンではないのか？　この世界では、弱い種族のほうが絶滅する」

「ふん、弱い犬ほどキャンキャンと良く吠える。聞いておこうかルゥ。人間に迫害されながら、半人半魔のお前がどうして人間に味方する？」

「人間に味方しているわけではないさ。愛する者のために戦うだけだ。今は、リンさんとラヴィのために戦っている。人間も魔族も関係ない」

ロゼッタは大剣を振り上げる。しかし、相手の攻撃より早く、間合いを詰め、一撃、二撃と攻撃を繰り出す。

満月の力は強大だ。ロゼッタの分厚い装甲に繰り出す攻撃は、屈強な装甲さえも打ち砕く。

連続した素手の攻撃で、みるみるうちに鎧は陥没し、変形していく。強靭な一撃がロゼッタの体幹を捕らえ、その体を吹き飛ばす。

その鎧の陥没あとは、ラヴィがつけたものよりも大きい。

「ラヴィ、悪いけどやっぱり俺のほうが強いみたいだ」

　しかし、ロゼッタはなおも平然とした表情の頭部を抱きかかえながら立ち上がる。

　鎧の破壊状態を考えても、相手が平気でいられるとは思えない。あの様子だと、その鎧に包まれた体だって、無事ではないはずだ。しかし、デュラハンの表情は平然としたものだ。

「そうか、体に痛覚はないんだな……」

　だとすれば、狙うは頭部しかない。ただ、それだけのことだ。

　ロゼッタは右手に剣、左手に頭部を抱えている。ならば相手の左側から仕掛ければいいだけだ。スピード勝負でなら負けない。

　相手の剣戟をかわしつつ頭部を集中攻撃する。

　しかし、そうそう甘いものでもなかった。相手もそこを狙われることには慣れている。むしろ自分の頭部をおとりにして差し出し、こちらが攻めたところをカウンターで詰めてくる。

　ならば、足元を狙ってバランスを崩したところを狙うべきか。

　しかし、それも読まれている。なかなかに隙は無い。何か手立てはないかと周りを見渡す。

　ふと、天蓋の割れたステンドグラスの縁に見慣れた物体が見えた。そんなところに隠れていたのか。

「スラッチ！　降りて来い！」

思えばこいつとは出会いの時からひと悶着あった。しかしペットとして飼えばなかなかにかわいいやつだ。実に人懐っこく、言うことも素直に聞くいい子だ。

かなりの高さであるにもかかわらず、臆することなく飛び降りてきたスラッチを地面でキャッチ。

「いけっ！」

投げつけたスラッチはロゼッタに命中。右腕に絡みつく。

「そのまま剣と鎧を食べてしまえ！」

侵食するスラッチ。右腕に絡みつき身動きの取れなくなった隙をついて頭部に攻撃を仕掛ける。

ロゼッタはこちらが接近するよりも早く頭部を上方へと放り投げる。頭部は見事にシャンデリアに引っ掛かり、その場所からこちらを見下ろしている。

空いた左手でスラッチを振り払い、腰からもう一本の剣を抜く。

さすがにまずい状況だ。弱点である頭部は手の届かないところにあり、通常頭部を持つことしかしていない腕で剣を握り二刀流となれば、一本でもやっかいな腕が二倍に増えたようなものだ。

形勢は逆転。こちらは防戦一方になる。相手の足が遅いのが唯一の救いだが、胴体が無敵状態なら立ち向かうことに意味もない。

ならば——相手の隙をついて奥で転がっているスラッチに頼むしかない。

再度スラッチを掴み、シャンデリアに向かって投げつける。

「好きなだけ齧って来い！」

シャンデリアに掴まったスラッチは、天井とシャンデリアをつなぐ鎖に食いついた。

支えを失ったシャンデリアは落下。

グワッシャ————ン。という轟音と共にシャンデリアは地面で砕け散る。その下に、砕け散り鮮血をまき散らしたロゼッタの頭部があった。

二本の剣を構えていた首なしの騎士は、その場でぷつりと糸の切れてしまった操り人形のように崩れ落ちる。

「……か、勝ったぞ」

白熱を極める赤い糸

On
The Night
When
The White Dress
And
The Red Moon
Melt
Together

アタシはリンの手を引きながら地下通路を走る。時折後ろを振り返るリンは、残してきたルゥのことが気になるらしい。

「大丈夫よ。ルゥは負けないわ！」

「しかし……」

「それにアタシの相棒もついているし」

「相棒？」

「スラッチよ。きっとルゥのことを助けてくれるわ。それに、ルゥはすごく強いんだから、信じてあげなさいよね」

「しかし、武器を持っていない」

リンはアタシが握っているルゥのライフルを気にしながら言う。やっぱりリンはルゥの正体に気づいていないようだ。そのことを少しだけ不憫に感じるけれど、今はそれでいいと思う。だって、それに気づいてしまったら、あなたはルゥのことが今以上に気になってしまうでしょ？

——アウォォォォォオオオオオン！

地上の方からけたたましい遠吠えが聞こえてくる。始まったようだ。これでルゥは心配には及ばない。

地下道は、やがて人工の石壁造りから、おそらく天然に出来上がったであろう風穴のような壁に変わる。いったいどれだけ地下に潜ったというのだろう。まさかこんなに大きな地下道があるなんて、この屋敷に十八年も住んでいたというのにまるで知らなかった。

パパやロゼッタはいつからここの存在を知っていたのだろうか。

深部に近づくにつれ、地面のいたるところに水たまりが見受けられるようになる。潮のにおいがする。海水のようだ。きっと地下のどこかに海水が浸入してくるところがあるのだろうが、地形的に考えてもこのシルバニアの町の近くに海はない。

だとすれば、地表の地下深くにはかなりの規模の海底湖があるということになる。

やがて到着した突き当りは、まさに地下の巨大な海底湖の端に当たる部分だった。そこから見渡す広大な海底湖がいったいどこまで広がっているのかは見当もつかない。その海底湖の手前に、これ見よがしに祭壇が置かれており、祭壇には小さなタコの頭部のような干物が祀られている。それを目の前に、目をつむり祝詞を唱え続けるサラ隊長の姿があった。

アタシ達の姿を見るなり、「来たか、愚民ども」と見下すように笑った。

「お前はここで何をしている。何が目的だ！」

リンの言葉にアタシは続ける。

「そうよ、パパやアタシを陥れてまで、アンタがここに来ようとした理由っていったい何なの！」

「ラヴィア、お前。生きていたのか……」

「アタシが死ぬわけないじゃない！」

「私を、謀ったのか？」

「よく言う。サラ、あなたが勝手にそう推理して、思い込んだだけのことだ。

まったく。笑わせてくれたよ。

あなたはまるで無能な警備隊長のくせに、まるで自分を優秀であるかのように間違った推理を披露して、勝手にラヴィが死んだと思い込んでいたんだからな」

「なんだと、貴様こそ言ってくれる。わかっていたのなら、あの時の涙はなんだ？　ラヴィアが死んだと思い込んで、悲しみに身を震わせ、怒りに任せてブラムを討ち取ったのではないのか？」

「いや、あれは違うな。あの時の涙は、あなたがあまりにも下らない推理によってラヴィが死んだと思い込んでいたのがおかしくて笑いをこらえた末の涙だったのだよ」

まだわからないのかい？

自分が、

いかに下らない推理をしたということが？

ラヴィがいかにして、

あの密室で自分を死んだと思わせ、

無能な警備隊長にそう推理させたのか、

今一度考えてみるがいい

火災の起きたあの詰所で、内側から掛金の降ろされた状態で焔に包まれていた。中から遺体は発見されなかったにもかかわらず、燃え残ったラヴィの衣装を見て、吸血鬼の死体は灰になるだけだと信じ込んで死んだと断定した。

そもそもあれもいけなかったようだな。割れて散乱していた灯油の樽の破片。あれを見てあなたはその犯行の手口を決め込んでしまったようだ。

おかげで、自分はあなたが黒幕だということに確信が持てたよ。


いいかい？　あの日は、雪の降り積もる冬の夜だった。暖炉に火をつけていたところ。屋根に登った犯人が煙突から灯油と銀の粉末を投げ入れたことでラヴィが焼け死んだと推理した。

内側から掛金が下りていたという状況からラヴィが詰所の中にいたと思い込んでいたというわけだ。

だが、あなたがそう推理する理由がちゃんとあったのだ。

サラ。あなたは、初めから煙突から灯油を投げ入れて室内を火事にするという方法でラヴィが殺されることを知っていたために、それは犯人が作戦を遂行したのだと思い込んでいたに過ぎない。

だが、あなたが考えたその殺害方法は、二度にわたって失敗に終わったために、かえってその方法を自分たちに利用されていたに過ぎないんだ。

あなたが計画を指示してその作戦を遂行した犯人のゴブリンは、失敗してわたしに捕(と)らえられた。そしてその手口を聞き出したわたしは同じ方法を用いてラヴィが殺されてしまったように演出したに過ぎない。

実際ラヴィは、火災が発生したときには、すでに詰所(つめしょ)の中にはいなかった。

内側から掛金がかかっていたのは、簡単なトリックでどうにでもなることだ。

あの日、外には雪がどっさりと積もっていて、建物の中には火災が発生し、炎(ほのお)に包まれていたのだ。

もう、ここまで言ったのだから聡明(そうめい)なサラ隊長におかれては、すべての謎(なぞ)が解けたのではないかな？

「サラ隊長はあの日、よく調べもしないでラヴィは密室の中で焼け死んだ、と判断した。そもそもそこが間違いだった。普通、明確に死体が見つからないなら逃げたかもしれないと思うほうが自然だ」

「それは、吸血鬼が死ねば灰となって消えると知っていたからだ。それに、内側から掛金がかけられた密室から抜け出したとは考えられなかったからだ」

「サラ隊長。あなたはあの時、煙突から灯油を投げ込まれたことで起きた火災だと言っていたにもかかわらず、焼け跡の暖炉の煙突の中を見ていませんでしたね？　そこをちゃんと確認すれば、あの灯油が煙突から投げ込まれたものではないことが簡単にわかっていたはずなんです。それなのに、なぜあなたは確認もせず、煙突から投げ入れたと思ってしまったんでしょうか？

あの瞬間に、自分はあなたが黒幕であることに確信が持てました。

もっとも、怪しいと思い始めたのはもっとずっと前のことですがね。

最初にラヴィが捕らえられた日の報告をするなり、あなたはまるでその黒幕がブラム伯爵だと決めつけるような言い方だった。まるで、そうでなくてはならない。はじめからそういうことになっていると言わんばかりにね。あの時からうすうす怪しいとは感じていた。

だから、少し罠を掛けさせてもらった。二度目のラヴィの襲撃があった時、我々はすぐにロゼッタの小屋を訪問することを決め、子細をルゥに報告させた。

突然のことであなたは急いでこれに対応するため、綿密な計画を立てる暇もなく、ロゼッタの小屋でわたし達を焼き殺すことを計画した。

正直危なかったよ。もう少しで我々は命を失うところだった。

あの時の襲撃方法がまさに煙突から灯油を投げ込んで火災を起こすというものだった。

だから、あなたははじめからこの事件が同じ方法で行われたものだと決めつけてしまったんだよ。

あなたが闇のルートを使ってラヴィを暗殺しようとたくらんでいたことはわかっていた。

あなたの仕向けたゴブリンによる暗殺は未遂に終わったが、おそらく成功したと言って報酬を要求しただろう。それは、わたしがそうするように仕向けたからだ。

そして我々は暗殺が成功したように見せかけることにした。

ラヴィは自ら灯油を使って詰所に火をつけ、銀粉を撒いた。ちょうど銀粉が昨日手に入ったばかりなので思いついたのさ。装飾店でルゥの売却した銀細工の一部を粉末にして分けてもらったところだったのでね。

密室を作り出したのはごく簡単なトリックだ。

裏口のドアから抜け出すときに、内側のドアの掛金に雪を詰めていたのさ。そこにもたせかけるように掛金を置き、外に出る。

室内は火災で高温になるからあっという間に雪は溶け、掛金が落ちて密室になったのだよ。

あとは空になった灯油の樽を外に置き、外側からケージを移動させてドアを塞ぐ。これを足場にすることで体の小さいゴブリンが屋根に登れたであろう状況を作り出したら、あとはラヴィがその場から逃げるだけだ。

そのころあなたは裏ルートを巡ってゴブリンが暗殺に成功したという報告を受けたのだろう。そこに我々より先に駆け付けたあなたは、それは自分がロゼッタの小屋で仕掛けた、煙突から灯油を注いだ方法と同じだと思い込んでしまった。

ろくに煙突の中も確認もせずにね。

この瞬間、あなたが黒幕なのだとはっきりわかったよ。

それでも、唯一わからなかったことがあなたの目的だ。

なぜそれほどまでに、ブラム伯爵に罪を着せ、亡き者にしようとしていたかということだ。

だから、少し泳がせてみることにした。

そして今、それがようやくわかったというわけだ。

サラ・クラフト。あなたはこの屋敷の地下に眠っていたその邪神の呪物を手に入れようとしたのだということがね。

かつてブラム伯爵の元で騎士団長をしていたロゼッタにその呪物の存在を聞き、手を組んでそれを手に入れようとしたのだろう。

だが、残念だったな。あなたの野望もここまでだ。おとなしく、縄にかかってもらうよ。警備隊長としての、最初の仕事だ」

「フハハハハハ、もうすっかり隊長気分だな。だがね、残念だけどそれが君の最後の仕事だよ。君はね、ここで死ぬんだ。君はこれを呪物だなんてくだらない言葉で呼ぶが、どうやらこの価値がわかっていないようだね。

なぜ私が君のくだらない講釈をこうして黙って聞いてやっていると思う？　私にはね、もう負ける理由なんてものがないのだよ。すべてはこれを手に入れるためだった。どんな犠牲を払ってでも、これさえ手に入れればすべては思い通りになるのだよ」

「その、タコの干物にそんな価値があるのか？」

「タコの干物とは失礼な。こちらこそが、神のご神体そのものなのだよ。我々神官が神の力を借りて神聖魔法を使うことも、そして、本来人間でしかなかった生物に、魔力を与え、魔族となるのもすべては神の御力の賜物。そして、これこそが遥か太古にこの地に神が降臨したときの、本来の御姿なのだ。この力がある限り、私はどのような相手にも負けることはない」

「なるほど。それほどまでに強い力を秘めているものだというならば、あなたが必死になって手に入れようとしたのもわかるよ。だけど、こちらも無策というわけではない。いくらあなたに力があろうとも、あなたにはわたし達を傷つけることはできない。わたし達には、あなたに対する究極の楯を用意しているのだ。長い間待たせてすまない。もう、姿を現しても構わない」

アタシ達と、サラとの間に漆黒の砂塵が舞う。やがてそれらは集まり、一つの形を作る。魔族の領主。不死の王。ヴァンパイア伯爵、ブラム・フォン・ルベルストーカー。

「パパ！」

「待たせたな、娘よ。もうこれでお前を追い出す必要もなくなった」

「バカな、お前はさっき死んだはずではなかったのか？　ルゥの銀の弾丸に貫かれて……」

「残念だったな。わたしの精銀刀は伯爵を一切傷つけてもいないし、その心臓を撃ち抜いたルゥの弾丸は銀の弾丸ではなく鉄の弾丸に過ぎない。そんな物騒なものが家の中にあれば、わたしの妻が怪我をするかもしれないからね」

「ふん、こざかしい真似を」

パパは、アタシのことをはじめから邪魔者扱いなんてしていなかった。

サラの陰謀に気づき、アタシを逃がすために町を追い出そうとしていたに過ぎなかった。

十八歳を迎え、伯爵の地位継承権を持ったアタシはパパに何かあった時に命を狙われかねないから逃がそうとしていたに過ぎないのだ。

リンがパパの真意に気づき、協力を要請した。そして、サラをおびき出すために協力してくれたのだ。


「さあ、どうするね？　伯爵が我らの楯になる限り、あなたは魔族との契約で傷つける行為が封印されるわけだ。だが、わたし達は違う。一方的に攻撃する権利があるのだよ」

アタシは、ルゥのライフルを構えてサラに向ける。こちらからは攻撃できるが、サラはこちらへ攻撃をしようとしても、間にパパがいるからその行動は封印される。

「勝負あったな。おとなしく、こちらに従ってもらおうか」

「くっ、なんと卑怯な」

「好きなだけ言うがいいさ。こちらとて、町の平和を乱そうという者は、たとえどんな手段を使ってでも阻止して見せる。ただ、それだけのことだ」

　サラは、肩をがっくりと落としてうつむく。

「ならば仕方ない。好きにするがいい」

　その言葉に、一度は勝利を確信した。しかし……

「――なんてな。バカはお前どもだよ。さっきから言っているだろう？　私が手に入れたのは神の体そのものなのだ。われらが神、ダゴン様の復活のための祝詞は終わっている。あとは、最後のトリガーを引くだけですべてが決まるのだ。お前たちの、完全なる負けだよ。伯爵との契約は絶対かもしれないがね、それは所詮このサラ・クラフトという人間が交わした契約に過ぎない。ならば、私が死ねば契約はその時点で終了するのだよ」

　サラは手に持ったナイフを自身の喉に深く突き立て、そのまま下方へ向けて動かし、その体を引き裂いた。

　おびただしい流血がしぶきを上げ、アタシとリンの白いドレスを紅く染める。そして、その血はサラの持っていたタコの頭部の干物のような御神体を紅く染め上げる。

　御神体はサラの血を吸い上げ、みるみるうちに太っていくかのように巨大化する。次の瞬間、巨大化した御神体の中央にある円形の穴に牙の生えた異形の口がサラの頭部を丸呑みする。サラの裂けた体は紫色に染まり、そこから零れ出るはらわたが触手のようにうねり、無数の蛸の足のように飛び出して襲い掛かりブラム伯爵の体を貫いた。

「パ、パパ！　そんな！」

すでにサラの体に魂は残っていない。すべてはこのタコのような神、ダゴンと呼ばれた神によって喰らいつくされたのだ。その時に、上級魔族の互いに傷つけることはできないという契約は終了した。

そしてその邪神は遠慮なく伯爵の体を貫いたのだ。

完全に、相手の出方を見誤っていた。

伯爵の体を貫いた無数の触手はなおもとどまるところを知らない。危機を察知し逃げようと行動するよりも早くアタシ達の四肢に巻き付くようにして捕らえた。

ぬらぬらとぬめるタコのような触手は二の腕や太腿だけでなく腹や胸や首筋にまで全身にくまなく巻き付いていく。もぞもぞと動く触手には無数の吸盤がついていて、抵抗しようとすればするほどに吸盤が吸い付いて身動きが取れなくなる。

全身をくまなくからめとった触手はいともたやすくアタシ達の体を空中に持ち上げ、サラの――いや、化け物のほうへと引き寄せられた。

サラの頭部を食らうようにして覆いかぶさったタコの頭の左右に大きな黒い目玉がカッと見開かれる。その左右の目のそれぞれの前で体を触手に封じられたアタシ達は右へ、左へと向きを変えられ、その黒い気味の悪い眼に吟味されるように見つめられている。

殺そうとしているならとっくに殺されているはずだ。しかし、あえて殺すこともせずに体を縛るというのだから、すぐに殺すつもりではないのだろう。

この化け物は、生きたまま捕食する習性があるのだろうか。

――ワガナハダゴン。コノチニオリタチタルカミナリ

信号音のような耳鳴りと共に、頭の中に直接語り掛けてくるそれが、言葉であることに気づく。

――ナンジラヲワガツマトシ、カミノコヲハラメヨ

言っている意味がよくわからなかった。だが、おそらくそれがアタシ達を殺してしまわない理由なのだろう。

「ふざけるな、誰が貴様のような化け物などと！　わたしにはすでに妻がいるのだ」

リンが渾身の力を込めて叫ぶ。ようやく、ダゴンと名乗る化け物がアタシ達と結婚しようとしているのだということに気づく。

冗談じゃない。アタシだってリンと結婚しているのだ。それなのに、なんでこんな気持ちの悪い化け物と結婚などしてやるものか。

「イヤに決まってるでしょ！　気持ち悪いのよ。この化け物」

――ワレハバケモノデハナイ。カミダ。ソレニ、オマエタチノイケンナドキイテハイナイ

カミノコヲハラムコトヲ、ホコリニオモエ

伸びた触手の一本が口の中に押し込まれる。息が苦しく言葉を発することができない。しゃべらせるつもりすらないというのだろうか。

体に巻き付く触手が太腿あたりを強く締め付ける。ぬらぬらとした触手全体からねばつくような粘液が滲みだしそれらが大胆に体中を這いまわる。ドレスの隙間から中に侵入してきて地肌の上を直接這いまわる。

皮膚のいたるところに吸盤が吸い付きもぞもぞと動き回る感触に脳髄の奥に痺れるような感覚がある。全身を火照るような熱が駆け巡り、こぼれる吐息が熱くなる。

どうしようもなく逃げだしたいけれど、もうどうにも体中に力が入らなくなってしまっ

た。

やがて一本の触手が臍の下のあたりを這いまわり、下着の中にまで侵入してくる。

「だめ。おねがい。もう、それ以上は……」

言葉にならない声をうめくようにつぶやき、頬を涙が伝う。でも、もうどうしようもない。

奥歯をかみしめて、覚悟を決める。

——その時。

「グオオオ、このタコ坊主があ、わしの娘に手をだすなぁぁぁぁぁ」

意識を失っていた。死んだと思っていたパパが息を吹き返す。そうなのだ、エリートの吸血鬼であるパパは通常の攻撃では不死身みたいなものだ。自身の腹部を貫通している触手の根元を束でつかみ、魔力を送り込む。

魔力によって発熱した触手は見る見るうちに紫色から赤く染まる。アタシの体にまとわりついている触手にもその熱は伝わり、全身を覆う触手は加熱されて熱くなる。次第に赤くなってゆでだこみたいになった。

加熱されて硬くなり、拘束力のなくなった触手はほどけ、アタシとリンは地面に落ちた。

すぐさま態勢を整えたリンが精銀刀を抜き、まだかすかにうごめく触手を次から次へと切り落としていく。

しかし、それもつかの間。すでに屍となっているサラの臓物からさらなる触手が生えてくる。

「くそ、これじゃあキリがないな」

構えるリンを諭すようにパパが言う。

「このダゴンとかいうバケモノ。これでもこの地に数多の力を与えた神であることには間違いない。その恩恵に与っただけの我々魔族や人間が太刀打ちできるような相手ではない。だから我ら魔族は長きにわたりこの地に封印し続け、領主であるルベルストーカー一族が監視してきたのだ。リンさん。あんたは娘を連れてここから逃げてくれ。そして、元の通りこの地下を封印して欲しい」

「伯爵、あなたは?」

「心配なさるな。これでも私は不死の王。千年でも二千年でも、何度でも生き返りながら永遠にダゴンと戦い続け、やつが決して地上に出ないようにこの地に封印し続けるまでだ」

「しかし、それでは……」

「リンさん。娘を、頼みましたよ……」

「わかった。ここは任せる」

「そ、そんな、パパ……」

「ラヴィ、行こう」

リンはアタシの手を握る。諭すような厳しい目でアタシを見つめ、そして頷く。

パパを置いてはいけない……そんなことはアタシのわがままで……だから口には出せなかった。

アタシの手を引き、走り出すリン。パパを振り返ることなく。一心に地上を目指して走り出した。

地下通路は細く長い道のりだ。走って逃げるとはいえ不安定で暗い道のりをそれほど素早くは進めない。

リンがしんがりを務め、アタシが先行するが上手く進めないせいでつっかえてしまう。

後方で、パパの断末魔が聞こえるまでにそれほどの時間はかからなかった。

パパは不死身ですぐに生き返るとはいえ、それなりに時間はかかるためもう、足止めとしての期待はできない。

背後からパパを殺した混沌なる触手が這い寄ってくるのがわかる。

地下道の中では比較的に開けた場所を通過する。地上までは残り半分といったところだろうか。

リンの足音が止まり、アタシは振り返る。

リンは精銀刀（ミスリルブレイド）を抜き、立ち止まっている。

「振り返るな、先に進め。地下道を抜けたらすぐに扉（とびら）を閉じろ。堅（かた）く封印（ふういん）を施（ほどこ）し、やつを絶対に外に出してはいけない！」

「そんな、それじゃあリンは！」

次々と這い寄り、襲い掛（か）かる触手を切（き）り倒（たお）していくリン。しかし触手は次から次へと湧（わ）いて出てくる。

「父上と約束したのだ。何があっても娘を守ると！　さあ、早く行くんだ。わたしとて、そう長くはもたない」

「イヤよ、そんなの絶対イヤ！　アタシだけ逃げてもしょうがないじゃない！　リンのいない世界になんて、生き残ったってしょうがないんだよ！」

ルゥから預かったライフルを構え、襲い掛かる触手を次々に狙撃（そげき）していく。しかし、それが気休めにしかならないことを把握（はあく）している。

「ラヴィ、お前はこの国にとってかけがえのない存在だ。この国を治めるのにお前以上に適任者はいない」

「そんなこと知らない！　アタシは、リンのいない国なら滅んじゃってもいいと思ってるんだから！」

「わたしを、困らせるな……」

一瞬、隙を作ってしまったアタシを触手が捕らえる。リンはすぐに駆け寄り、触手を切断する。しかし地の底から触手はいくらでも這い出して来る。

次の瞬間。アタシを護ることに意識を向けすぎてしまっていたリンの太腿を一本の触手が貫通した。膝を突いたところに、更に追撃の触手が二本腹部を貫通する。リンは吐血し崩れ落ちる。

リンが、リンが死んでしまう……

アタシ達と結婚するために、生かしておくんじゃなかったのか。

頭に直接声が響く。

――ソノオンナハキケン。メスハヒトリイレバジュウブン

「ラヴィ、逃げろ……は、やく……」

闇からはさらに触手が飛んでくる。

「やめろー！」

無我夢中で両手を前に押し出す。アタシとリンの周りを青白い球体が包み込み、襲ってくる触手を弾き飛ばした。リンの体を貫通した触手も結界に焼かれて崩れ落ちる。

誰に教えられたわけでもないが、生まれて初めて魔障結界を張ることができたようだ。だけど、これだってそう長くはもたないだろう。しかし、結界を一歩外に出ればまた無防備だ。やはり気休めにしかならないが、少しの時間は稼げる。

「ラヴィ……わたしの血を吸え。全部だ。そうすれば一時的な能力は上がり、逃げ切ることができるかもしれない」

「そんなのだめだよ。リンも一緒じゃなきゃ……」

「もう、この傷では自分は逃げられない。せめてラヴィだけでも……」

「そんなことできるわけないじゃない。それに、リンがいなくなったらアタシ、もう人間の血が吸えなくなっちゃうんだよ。アタシは、リン以外の血は吸えない契約なんだからね」

「大丈夫だ。わたしが死ねば、契約はそこで消える。ルゥならきっと代わりに……」

「ルゥじゃダメなの。だってアイツはジュンケツじゃないし、アタシの妻はリンしかいないの！　アタシは、ずっとリンと一緒にいたいの！」

零れ落ちる涙が、腕の中のリンの白い肌に滲む血と交じる。

「もう、わがままはこれで最後だ。おいで……」

伸びる手がアタシの頭を後ろから抱え込む。ずっとこの手が好きだった。引き寄せる手は、いつものように首筋ではなく、彼女の口元へと寄せられた。

触れ合う唇と唇。

柔らかく、温かい感触。

絡み合う舌と、交わる唾液。

脳髄を痺れさせる感情に、人と魔族の境界線は存在しなかった。

唇を離したリンに、アタシは問いかける。

「こ、これは……」

「人間が交わす契約だ。これから先どんなことがあろうとも互いを支え合い続けるという契約だ。ラヴィ……生きろ……」

再び、涙がこぼれる。

「やだよ、リン……いなくならないでよ……」

「だいじょうぶだよラヴィ。わたしの血は、君の中で生き続ける……」

リンの首筋に牙を立てる。なるべく多くの血を吸う必要がある。

力が、必要なのだ。

ここから逃げ出すためではなく。

あの、神と名乗る化け物を打ち倒す力が必要だ。

一度に、これだけの生き血を飲んだのはこれが初めて。リンは、抵抗することもなくすべてをアタシにゆだねている。


全身にみなぎる力。これが、本来アタシが持っていた吸血鬼の力だ。

アタシの銀髪はリンの血を吸い、真っ赤に染まる。パパと同じ、深紅の髪だ。

血の気が引き、冷たくなったリンを通路の奥まったところに移し、そっと壁によりかからせる。

リンの傷は深い。間もなく死に至るだろう。時間には限りがある。ここでどうにかダゴンを打倒し、リンを安全な場所に連れて行き治療を受けさせるほかに道はない。

効力を失い、消滅しかかっている魔障結界の向こうにサラの体を食い尽くしたダゴンの本体が迫っていた。

その四肢の先は複数の触手に枝分かれして、結界を取り囲むように展開している。

結界が消滅すると同時に一気に襲い掛かってくるつもりらしい。

迫る触手。ライフルの弾丸は二発命中したが、触手の数はそれどころではない。

三発目。照準を合わせたライフルに魔力を注入する。

「いっけえ！　エクスプロージョン・バレット！」

ダゴンめがけて発射された弾丸はその着弾地点で大爆発を起こす。

「やった？」

舞い上がる黒煙の中にうごめく混沌がなおも迫って来る。

生命力が半端ではない。いくら攻撃を命中させてもその触手は何度でも再生し、襲い掛かってくる。これではさすがにキリがない。こちらの魔力だって無限というわけでもない。

このまま応戦を続けても勝ち目はないだろう。

きっと、どこかに弱点があるはずだ。そこを見つけるしかない。

サラの胴体はすっかり変貌して見る影もない。もうすでにダゴンの体の一部になってしまっていると言っていい。四肢は枝分かれし、無数の触手となり、腹は裂け、牙を剝いた口になっている。

かつて頭部があった部分はダゴンの御神体と言われていたタコの干物のようなものがサラの生き血を吸い、巨大化して喰らいつかれた状態だ。

おそらくその部分が本体と言っていいだろう。そこを攻撃すれば、ダゴンは動きを止めるかもしれない。

ライフルの弾丸は残り二発しかない。これで、どうにかしなければならない。

一発目の弾丸に、爆焔の魔力を注入する。相手を惹きつけ、先ほどと同じようにエクスプロージョン・バレットで触手を爆破する。そうして、次の触手が生え変わる前に本命の弾丸を打ち込む以外に方法はないだろう。

一歩一歩とにじりより、間合いを詰めてくるダゴン。いつでも狙撃できるようライフルの銃口を向けたまま、ゆっくりと後ろへ下がる。

数多の触手が、一斉に伸びる。

この瞬間を待っていたとばかりに発砲。

迫りくる触手の束に命中した弾丸は爆焔と共に砕け散り、黒い煙を上げる。この一瞬が勝負だ。新たに触手が生え変わる前にとどめの一撃をくわえなければならない。

黒煙にまぎれて走り、至近距離へと近づく。ライフルの弾丸は装塡済みだ。銃口をダゴンの頭部へと向ける。

が、その時。両腕に触手が巻き付き自由を奪われた。

謀られたのだ。ダゴンはこちらが思うほどに知能が低い生き物ではなかった。こちらの意図を読み取り、罠を張り巡らせていた。

触手を襲い掛からせていると見せかけ、二本だけはあえて手元に残しておき、残りが全滅したと思わせて油断させている間、残る二本の触手は黒煙の中で隙を窺っていたのだ。

自由を奪われ、ライフルは地面へと落ちる。ダゴンの千切れた四肢からは新たな触手が生えそろう。

万事休すだ。

伸びた触手が絡みつき、全身を這いずり回る。

ゆっくりと歩み寄ってくるダゴン。

声が、頭の中に響いてくる。

――カミノコヲハラムコトヲ、ホコリニオモエ

「もう……ダメ……」

次の瞬間。闇に輝く一閃の太刀筋。

精銀刀の一太刀のもとにダゴンの頭は切り落とされていた。

黒煙にまぎれていたのはダゴンの触手だけではなかった。

リンは黒煙にまぎれてその身をひそめ、ダゴンのすべての触手がラヴィに向けられる瞬間を窺っていた。

地面にごろりと転がったその大きなタコの頭部を踏みつけたアタシは銃口をそれに突きつける。

「神だかバケモノだか知らないけどさ。アタシに踏みつけられて消えることを幸せに思いなさいよね」

最後の魔力を込めたその弾丸でダゴンの頭部は砕け散り、そのすべての破片は炎に包まれて塵へと変わっていった。

「ラヴィ……大丈夫だったか？」

もちろん、アタシは大丈夫だったけど……

「リン。どうして無事なの？　さっきのあの傷、致命傷にもなりかねない傷だったのに……もう、ほとんど跡形もなく治っている……」

「さあ、なんでなんだろうな……」

邪神の力が解放されたことにより、我々魔族の力は飛躍的に上昇していた。だけど、それはリンには関係のないことのはずだった。

考えられる答えは一つしかない。

リンは、まるで吸血姫がごとくの治癒能力を身に付けているのだ。

おそらくそれは、目覚めてしまった吸血姫としてのアタシの魔力で、魔族の眷属と化してしまったのだろう。

吸血姫の力は満月の日に最も強くなる。そう、今日のような満月の日だ。

だがしかし、眷属化するにはもう一つの重要な条件がある。

被吸血者は吸血者に対し、服従するという意思がなければ眷属にはなりえないということだ。

リンはアタシに血を吸われながら、その心はアタシに従属しきっていたのだろう。

リンの純潔な心を、いつの間にかアタシが穢し、アタシのとりことなっていたというその事実に、ひっそりとほくそ笑む。

——リンはもう、アタシのものだ。

紅白の交わる、処女の道

On The Night When The White Dress And The Red Moon Melt Together

地下通路を抜けて、屋敷のエントランスへと戻った自分たちの前に、横たわったままのルゥがいる。

どうやら一人きりで、デュラハンのロゼッタを打倒したようだ。

「あ、リンさん……そっちのほうも無事終わりましたか？」

「ああ。どうにかなった。ルゥも、よく頑張ったな」

「へへ、リンさんにそう言ってもらえるだけでうれしいっすよ。でも、すいません。ちょっと疲れすぎちゃって、なかなか起き上がれないんです」

「構わんさ。何ならこのまま朝までそのままでも問題はない」

「はは、それはよかった……」

「だがな、一つだけ言わせてもらうならば……」

「言わせてもらうならば……」

「服は着ないと風邪をひくぞ……」

「ああ、そう、でした……」

「ふう、なんだかお前はいつも、全裸だな。だが、なんなのだ？　その頭のふざけた飾りは」

ルゥは恥ずかしそうに頭の上の獣耳の飾りを隠そうとする。

「こ、こ、これはですね。その、なんというか、これをつけていると集中力が増すというか」

「なるほど、それでルゥはいつも帽子をかぶってその耳を隠していたというわけか」

「は、はは……すいません」

「まあ、いいさ。それよりも早く、何か羽織ったほうがいいな」

「すいません、せっかくプレゼントしていただいたドレスだったのに……」

「気にするな、あんなものくらいまた買ってやる」

そんな慰めになるかどうかもわからない言葉を聞いたラヴィが、

「あんなものとは失礼じゃない？　でもまあしょうがないわね。あのドレスならまた、アタシが作ってあげるから」

――ラヴィは、『あのドレスなら、またアタシが作ってあげる』と言った。

「あの店のドレスさ、アタシが仕立てたものだったんだよ。委託販売ってやつ？　ちょっと昔に作ったやつでさ、今ならもう少しうまく作れるから、しばらく待っていてね」

ともあれみんな無事でよかった。ラヴィも、ペットのスラッチが無事だったことに安心しているようだ。

「ちょっとー、アンタどんだけシャンデリア食べたら気が済むのよ！　あ、ちょっと待ちなさい。その体！　金属系のスライムになっちゃってるじゃん！」

スラッチはそれを気まずいと感じたのか、今までにないほどに素早く逃げ回った。

ともかく、教会が神とあがめていたその正体が、異形のバケモノであったということを我々は再認識しなくてはならない。

そして、異形なる神の力で聖職者は神聖魔法を使い、異形なる神の魔力で魔族は人から人ならざるものへと変貌したのだという。

このことを、より多くの人々に知らせるべきかどうかについては慎重にならざるを得ない。

そして、おそらく異形の神はダゴンひとりではないだろう。あれ一体だけですべての魔族や聖職者に力を与え続けていたとは考えにくい。おそらくはもっと多くの異形の神々がこの地には眠っている。

今後それらとどう向き合っていくべきなのかも考える必要があるだろう。

そして、ダゴンを倒し、異形の神がいなくなったこの地が今後どう変わっていくのかもわからない。

それは、間もない未来に訪れるのか、あるいはずっと遠くの未来の話なのか。

少なくとも、まずはこの地の安定を図る必要があるのだろうが、きっとそれに関しては

ラヴィは、おそらくこの地を治めるにふさわしい立派な領主になるはずだ。

大丈夫だろう。

そして、その時わたしは……

「あっ、パパ！」

ラヴィのその声に振り向くと、ブラム伯爵がいた。

その不死身の体は何度死んでも甦る、まさに不死の王。

「みんな無事のようだな。まさかあのダゴンというバケモノを打ち倒すとは、我が娘ながら畏れ入る」

「ふふん。それはね、リンのおかげだよ。リンはね、アタシのお嫁さんなんだよ！」

「そうか、いい妻を貰ったな」


わたしは、このままでもよいのだろうか。

そんなことを考えたりもする。

本来ラヴィとの結婚はサラを言いくるめるためのブラフに過ぎない。

サラがいなくなった今となっては、その関係を続けていく理由もない。

いや、婚姻関係を続けていく理由ならあるな。

わたしはラヴィに血を与え続けるという契約をしているのだ。その契約を、無下にするわけにはいかない。

それに、わたしは――

もうきっとラヴィから逃(のが)れられないのだと感じている。

ラヴィがそれを望むのならば、たとえどんなに困難な道であっても必ず成し遂(と)げようと思っている。

ラヴィがそれを望むのならば、どんな犠牲(ぎせい)を払(はら)ってもいいと思うようになっている。

いままで、こんな感情を自分は持っていなかった。

まったく。あまりにも非効率的な考え方だ。だがそれを、今は強く望んでいる。

「改めて、礼を言うぞ」

ブラム伯爵が深々と頭を下げる。

「こちらこそ、ありがとうございます。すべては伯爵が、サラの陰謀(いんぼう)を暴くための作戦に協力してくれたからです」

「うむ、それはそうとな、いい加減伯爵などと堅苦(かたくる)しい言い方はやめてくれ」

「いえ、しかし、どう呼べば……」

「そんなものは決まっておろう。パパじゃ」

「パ、パパ……」

「リンはラヴィと結婚したのだろう？　ならばリンもまた、わしの娘だ。さあ、遠慮せずにパパと呼びなさい」

「え……あ、はい……パ、パ……」

その言葉に、伯爵は声高らかに笑う。

「ねえパパ見て！　このドレス。アタシが作ったんだよ！　リンとおそろいなの！」

白いドレスが返り血を浴びて赤黒く染まったその衣装を伯爵に見せつけながら、ぐるりと回転して見せる。吸血姫本来の力を取り戻しつつあるラヴィもこうしてみるとまだまだ幼いところもある。

「ははは、まるでウェディングドレスみたいだな」

「ウエディングドレス？」

「ああ、そうだ。人間の結婚という儀式でな、そういう白いドレスを着るのだそうだ。ところでラヴィ。結婚式は済ませたのか？」

「結婚式？」

ラヴィはこちらを見る。わたしは、申し訳なさそうに首を横に振った。

「ならば、今から結婚式をしようではないか。話だけは聞いていたのだがな、一度やってみたかったのだよ」

伯爵が、結婚式などというものを一体どこで、どの程度聞いているのかはわからない。

しかし、伯爵は嬉しそうにラヴィの手を取り、自身の腕を摑ませる。

確かに、いつも着ている伯爵の黒い衣装は新婦の父を思わせるタキシードに見えなくもない。隣のラヴィは恥ずかしそうに、返り血に染まった純白のドレスで歩み始める。

それを迎える自分もまた、ラヴィの作った隊服。純白のドレスであることに違いない。同じく返り血に染められたその衣装こそがわたし達の結婚式にはふさわしいだろう。

ポケットに手を入れ、隠し持っていたものを取り出す。先日装飾店で手に入れたものだ。赤い珊瑚のつがいの指輪。銀の指輪はラヴィはつけられないが、これならきっと似合うだろう。

ラヴィと向かいあい、互いの指に珊瑚の指輪をはめる。さながら、運命の赤い糸で結ばれている、などと言っておこうか。

そしてふたりは誓(ちか)いの口づけを交わす。

空を見上げる。

天井(てんじょう)のステンドグラスが割れ、ふたりの真上にそびえる紅い月がふたりを祝福してくれた。

ラヴィがつぶやく。

「月が、奇麗(きれい)だね」

「ああ、これでいつ死んでも悔(く)いはない」

「でも、それはきっと無理ね。アタシ達、たぶん死んでも生き返っちゃうから。きっと、何度でも……」

あとがき

みなさんご無沙汰しております。あるいははじめまして、水鏡月聖です。

デビュー作の『僕らは『読み』を間違える』（以下読みえる）が発売されたのが二〇二二年の十二月で、立て続けに二巻が発売されたのが翌年二月。それ以来の書籍となるので二年近く経ってしまったということになります。

もうそんなに経ってしまったのか、というのが正直な気持ちです。読みえるは発売直後よりも、その後口コミなどの高い評価でじわじわと広がって行った作品で、その年の『このライトノベルがすごい！２０２４』で新作5位に入選させていただいたり、その他いくつかの雑誌やイベント等で取り上げられるようになったりして、なにかと動いているものが常にあったため、それほど期間が空いたように感じていませんでした。

しかしながら、皆様の熱望こそ届いているものの、読みえるの続巻はいまだ決まってはいない状態です。そこで、新作である本作の執筆を機にそのあたりも動かせたらいいなと思い筆を執ったというのも一つの理由です。

さて、ようやく本作『白いドレスと紅い月がとけあう夜に』（以下ドレスと月）について触れていこうかと思います。少し長くなるかもしれませんが、本作を書くに至る経緯を話していこうかと思います。

読者様の中にはあとがきから読み始めるという方もおられるようなので、なるべくネタバレが起きないように気を付けるつもりですが、もし何かあったらごめんなさい。

百合×ミステリ、というテーマで書き上げた本作ではありますが、実は水鏡月はミステリをミステリだと認識して書くのは今回が初めてなのです。

前作のあとがきでも少し触れたのですが、読みえるについては純然たるラブコメのつもりで書いたものであり、ミステリという感覚はありませんでした。しかし、レーベルとしては『青春ミステリー』として売り出したわけで、そのことには水鏡月自身違和感を覚えてしまったものです。

しかし、そのことが功を奏したのか読みえるの評判は非常によく、担当編集からは新人賞作品でこれほど高い評価を貰えたのは初めてだとまで言っていただけました。

――が、世の評判ではもうひとつ聞きたくない言葉も耳にしました。

『ライトノベルでミステリは売れない』

たしかに過去にさかのぼってみても、ライトノベルにおいてミステリで成功した例は少なく、（あえてタイトルは出しませんが）ライトノベルのレーベルで出したミステリ作品が高い評価を得たもののそれほど売れることもなく、一般(いっぱん)文芸のレーベルで再版されることで、大ヒット作となった例はいくつもあります。

このままではだめだ！　と、水鏡月は思うわけです。

『このライトノベルがすごい！２０２４』においても、ライトノベルミステリは多くの作品がランクインしており、特集ページまで組まれていました。あきらかにライトノベルミステリの作品数はここしばらくどんどん増えており、確実にラノベミステリブームは迫(せま)ってきています。

そこで、ご存じの方もおられるかとは思いますが、どうにかラノベミステリを流行らせたい水鏡月は様々な活動もしてきました。その成果が出ているかどうかはまだわかりませんが、今年の各ライトノベルのレーベルの受賞作にも多くのミステリ作品が名を連ねているように思えますし、おそらく『このライトノベルがすごい！２０２５』においても、多くのライトノベルミステリがランクインしています。（これを書いている時点ではまだ発

表されていませんが、間違いなく入っていることでしょう）

昨今のラノベミステリの進化はすさまじく、GA文庫さんの『不死探偵・冷堂紅葉』のような本格ミステリや、スニーカー文庫さんの『誰が勇者を殺したか』のようなファンタジー設定での爆発的なヒット作を生み出したりもしています。

あと、もう一歩！

そのために執筆したのが本作ドレスと月です。（前置きが長すぎですね）

本作は、普段ミステリをあまり読まない人にこそ読んでもらいたいと思って書いた物語です。

そのため、ミステリマニアからすると、トリックが少し簡単に感じてしまう部分もあるかもしれません。本作はロジカルな推理や、難解なトリック、フェアな考察にはあえてあまりこだわらず、謎を解くための、考えるためのヒントや記述を増やし、なるべく読者自身が答えにたどりつけるような工夫を仕込み、読みやすく、興味を持ちやすいテーマでライトなミステリを書けたらいいなと思って筆を執りましたが、果たしていかがだったでしょうか。

ラノベミステリの多くは高い評価を受けており、決して面白くないわけではなく、ラノベとミステリは相性が悪いわけでもありません。元々ミステリの多くは探偵と助手というキャラクター小説の側面を持っているものが多く、なんでもありなライトノベルでは特殊設定ミステリというタイプとも非常に相性がいい。それなのにラノベでミステリが売れないといわれてしまっている理由はただ一つ。

通常ラノベを読んでいる層に、ミステリが好き、ミステリだから読みたいという方が、現状少ないだけなのではないかと思っています。

ならば、そのような読者を増やしてしまえばいいだけのことなんです。

本作をきっかけにライトノベルでミステリを手に取ってくれる方が増えることを心より祈っております。

そして、ほんの少しでも本作を面白いと感じた方は、是非とも周りの方に広めてほしいと思います。もしかすると本作がミステリを名乗っているばかりに「ミステリはちょっと……」と敬遠されている方がいるかもしれません。そういう方にこそ本作を薦めていただければと思います。

更には、既刊である『僕らは『読み』を間違える』を未読の方は、そちらの方も是非読んでいただければ幸いです。これをきっかけに続巻が決定することがあるかもしれませんので。

少し宣伝臭い話になってしまいましたが、本が売れなくなったといわれる昨今、広告こそが大事なのです。特に、水鏡月のような新人賞でデビューした作家はネット小説などで従来の読者を持っているわけではないので、個人では告知の力がとても弱く、販売の初速が伸びにくいのです。現状ライトノベルにおいて販売の初速はとても大切で、後にいくら高評価を得てもなかなか続巻に結び付かないということは痛いほどに身に染みております。ですので皆様の協力は是非ともいただきたいと思うところです。

本作のイラストは古弥月先生に担当していただきました。本当に素敵なイラストをありがとうございます。余談ではありますが、本作『白いドレスと紅い月がとけあう夜に』とイラストを担当していただきました『古弥月』先生、それにわたくし『水鏡月聖』のすべてに『月』という文字が入っているのは、まったくの偶然です。いや、あえて言うならば

それは運命だったと言えるかもしれませんね。（いろいろ裏事情もありますが秘密です）

ともかく、ライトノベルを書くにあたってなんと言っても魅力的なのは、自分の描いた物語にイラストが付くということです。そのことは作家にとって最たる楽しみのひとつであり、ご褒美でもあるのです。

イラストが付くことによってキャラクターは急激に完成に近づき、魅力を発してくれます。水鏡月はライトノベルを書くにあたり、初稿ではキャラクターの外見的特徴をはっきりと決めていない場合が多いです。それというのも、なるべくイラストを自由に描いていただき、そのイラストを見てから、それに合わせて原稿に手を加えるようにしているからです。

おかげさまで今回もとても素晴らしいご褒美をいただけました。正直に言ってしまえば、本作のキャラクターたちの基礎設定や、挿絵の元となるシチュエーションの多くは作者の超個人的な性癖の集合体です。それをイラストに起こしていただけるというのは、まさにラノベ作家冥利に尽きるというものですね。

できることならば、リンやラヴィのもっと多くの、魅力的なイラストや、挿絵で見たいシチュエーションは山ほどあります。そのためには何としても本作を続巻させていきたいのです。あんなイラスト、こんなシチュエーションの挿絵をいただくために日々妄想を繰り返しているので、是非とも売れてほしい。そして読者の皆様には、それを手伝っていただきたいと思っておりますので、できれば感想や告知に協力していただきたいと思っております。

勿論、ファンレターなどもお待ちしております。それは作者にとってとても大きな励みとなりますので心よりお待ちしております。


それでは、謝辞となります。

重ねてではありますが、古弥月先生。素敵なイラストをありがとうございます。本作の魅力の一端を担う重要なポイントとして、タイトルにもなっている〝ドレスのデザイン〟というものがありますが、それを古弥月先生に丸投げしたところ、期待を数倍超えて仕上げていただいたことには感謝しかありません。

帯コメントをいただきました駄犬先生。駄犬先生とは個人的にも以前より交流がありまして、帯コメントをいただくとなった時には何とも気恥ずかしいところがありました。素敵なコメントをありがとうございます。今後ともよろしくね。

そして、校閲の方々にもお礼を。あまりの誤字脱字、さらには文法しらずの水鏡月がこうして本作を出版できるのは、校閲の皆様の助力あってのものです。本当にありがとうございます。

そして、担当編集のスニーカーのK様。本作の企画の立ち上げからずっとアドバイスをいただきました。おかげさまで、自分一人では絶対に書かなかったであろう作風に挑戦させていただきました。いろいろと意見のぶつかるところもあり時間もかかりましたが、どうにか完成までこぎつけることができました。これからもよろしくお願いします。


最後に読者の皆様。この度は本作『白いドレスと紅い月がとけあう夜に』を手に取っていただき、誠にありがとうございます。気に入っていただけたようであれば、是非ともSNSやそのほかたくさん宣伝していただけるとありがたいです。

また、よろしければ水鏡月聖の Twitter（現X）やカクヨムのフォローをしていただけるとうれしいです。今後も新しい情報や、カクヨムでのスピンオフなども発信していこうと考えておりますのでよろしくお願いします。

Twitter（現X）@mikazukihiz　　カクヨム　@mikazuki-hiziri

それでは願わくは、次巻での再会を！

白(しろ)いドレスと紅(あか)い月(つき)がとけあう夜(よる)に

著　水鏡月聖(みかづきひじり)

角川スニーカー文庫　24438
2024年12月1日　初版発行

発行者　山下直久
発　行　株式会社KADOKAWA
〒102-8177 東京都千代田区富士見2-13-3
電話　0570-002-301（ナビダイヤル）

印刷所　株式会社暁印刷
製本所　本間製本株式会社

Printed in Japan　ISBN 978-4-04-115739-8　C0193

★ご意見、ご感想をお送りください★
〒102-8177 東京都千代田区富士見 2-13-3
株式会社KADOKAWA　角川スニーカー文庫編集部気付
「水鏡月聖」先生「古弥月」先生

角川文庫発刊に際して

角 川 源 義

第二次世界大戦の敗北は、軍事力の敗北であった以上に、私たちの若い文化力の敗退であった。私たちの文化が戦争に対して如何に無力であり、単なるあだ花に過ぎなかったかを、私たちは身を以て体験し痛感した。西洋近代文化の摂取にとって、明治以後八十年の歳月は決して短かすぎたとは言えない。にもかかわらず、近代文化の伝統を確立し、自由な批判と柔軟な良識に富む文化層として自らを形成することに私たちは失敗して来た。そしてこれは、各層への文化の普及滲透を任務とする出版人の責任でもあった。

一九四五年以来、私たちは再び振出しに戻り、第一歩から踏み出すことを余儀なくされた。これは大きな不幸ではあるが、反面、これまでの混沌・未熟・歪曲の中にあった我が国の文化に秩序と確たる基礎を齎らすためには絶好の機会でもある。角川書店は、このような祖国の文化的危機にあたり、微力をも顧みず再建の礎石たるべき抱負と決意とをもって出発したが、ここに創立以来の念願を果すべく角川文庫を発刊する。これまで刊行されたあらゆる全集叢書文庫類の長所と短所とを検討し、古今東西の不朽の典籍を、良心的編集のもとに、廉価に、そして書架にふさわしい美本として、多くのひとびとに提供しようとする。しかし私たちは徒らに百科全書的な知識のジレッタントを作ることを目的とせず、あくまで祖国の文化に秩序と再建への道を示し、この文庫を角川書店の栄ある事業として、今後永久に継続発展せしめ、学芸と教養との殿堂として大成せんことを期したい。多くの読書子の愛情ある忠言と支持とによって、この希望と抱負とを完遂せしめられんことを願う。

一九四九年五月三日